Alfred P. Walter

Bonjour Charlotte
Mein neues Leben in Südfrankreich

Sommerträume

Roman

WUNDERLICH TASCHENBUCH

Originalausgabe
Veröffentlicht im Rowohlt Taschenbuch
Verlag GmbH, Reinbek bei Hamburg, Juli 1998

Redaktion Sabine Lammers
Umschlaggestaltung Susanne Heeder
(Foto: Tony Stone Images/George Haling)

Satz Minion PostScript (PageOne)
Gesamtherstellung Clausen & Bosse, Leck
Printed in Germany
ISBN 3 499 26047 6

Zwei schlechte Nachrichten?

«War das nicht eben der Bürgermeister?»

Ich stand vor unserem Wohnhaus im Weinfeld, der von der Anstrengung heftige Atem pustete Nebelwolken in die kalte Winterluft. Mit Gerhards Hilfe rodete ich Rebstöcke, um endlich meinen lebenslang ersehnten Gemüsegarten anzulegen. Ich zog sie nicht gern heraus, diese knorrigen Reben mit der starken Persönlichkeit, die mir vorkamen wie Hunderte von Jahren alt.

«Das Holz der Reben macht hervorragende *grillades*», sagte Claude und zog die Nase kraus, als würde er den Duft der mit Knoblauch bestreuten Lammkoteletts bereits schnuppern können.

Er sah die Dinge realistisch, praktisch, ich hingegen hatte meine sentimentalen Träume aus der Stadt mitgebracht. Dieser Gemüsegarten war mir ungeheuer wichtig, denn ich wollte für das Kochen in St. Martin frischeste und beste Gemüse haben. Und Tomaten natürlich, ich wollte meine eigenen Tomaten, eine alte Sorte, nicht zu groß, aber voll Geschmack, wenn sie viel Sonne bekam. Ich gebe zu, ich bin tomatenverrückt. Und ich hatte vor, zu kochen wie noch nie in meinem Leben. Endlich hatte ich Zeit, endlich war es meine Aufgabe. Davor, in Hamburg, hatte Philipp gekocht, denn ich war von morgens bis abends in meinem Buchladen eingesperrt.

«Wo, welcher Bürgermeister?»

Da fiel mir ein, Gerhard kannte ihn ja gar nicht. Er war im letzten Herbst zu uns gestoßen, als ich ihn auf der Straße aufgelesen hatte. Ein deutscher Pantomime, mit gerissenem Motorblock im Midi gestrandet. Gerhard verließ St. Martin nur selten, er arbeitete hart.

Ich sah hinten auf dem Weg ein Auto, ein Mann stieg aus, schaute sich nach allen Seiten interessiert um und fuhr dann wieder davon. Es war der Bürgermeister, ich war sicher. Aber ich vergaß den Vorfall wieder.

Eine Woche später kam dasselbe Auto und fuhr bis zu uns in den inneren Hof von St. Martin. Der Bürgermeister.

«Bonjour, Madame. Geht es Ihnen gut?»

«Danke. Und Ihnen?»

«Es geht, danke, danke.»

Das war eine Eröffnung – doch wovon?

«Ich habe Sie noch nie besucht, seit Sie hierhergezogen sind. Ich wollte nur einmal kurz ‹Guten Tag› sagen.»

Ich schaute ihn belustigt an. Es lag mir auf der Zunge, einfach «Guten Tag» zu sagen und ihm dann die Hand zu reichen, doch ich verkniff es mir. Manche Menschen verstehen keinen Spaß. Er schaute sich um. Mit dem Bürgermeister scherzt man nicht.

«Schön haben Sie es hier. Das war viel Arbeit, nicht?»

Ich nickte und wartete auf das, was er sagen wollte.

«Sie haben es in einen wirklich guten Zustand versetzt, die Häuser und alles. Glückwunsch.»

Ich danke. Dann lächelte er mich an, zeigte dabei seine Zähne und reichte mir die Hand. Sein Händedruck war weich.

«*A bientôt*, bis bald, und einen schönen Tag, Madame. Ein *bonjour* an Monsieur, Ihren Gatten.»

Er stieg in sein Auto und fuhr davon, und ich überlegte, ob das alles für einen Antrittsbesuch normal war. Was hatte er eigentlich gewollt?

Es geschieht selten im Leben, daß zwei wichtige Briefe gleichzeitig kommen. Ich weiß es genau, denn ich achte seit langem darauf. Meine Erfahrung sagte mir, daß einer von den beiden, die mir der Briefträger an jenem kalten Morgen aushändigte, uns Glück bringen würde. Aber welcher? Oder waren die Zusammenhänge noch komplizierter?

Der eine Umschlag war an Frau Charlotte Hager adressiert, der andere an Monsieur et Madame Philipp Hager. Bei Madame Philipp weiß ich nie, ob ich weinen oder lachen soll, doch das war dieses Mal nicht die Frage.

Ich öffnete zuerst den, der an mich gerichtet war. Ich gebe es zu, ich reiße mich nicht um schlechte Nachrichten. Der Umschlag war ohne Absender, und auf dem Poststempel las ich «Briefzentrum Ostfriesland». Die Schrift war jugendlich, feminin, freundlich, offen. Es war ein Brief von meiner Nichte Sabine.

«Liebe Charlotte», las ich, «es ist jetzt wieder kalt und unfreundlich bei uns in Ostfriesland. Der Himmel wirkt wie eine dicke, graue Masse, häufig kann man nicht einmal einzelne Wolken ausmachen. Der Regen peitscht uns gegen die Beine, wenn man das Haus verläßt, und der Wind heult und klappt die Regenschirme um. In der Nachbarschaft fallen einige Dachziegel krachend zur Erde, während ich schreibe. Ich denke häufig an euch und sehe vor mir, wie Ihr Euch einfach ins Auto gesetzt habt, um Eure Träume zu verwirklichen und in der Fremde einen Neuanfang zu wagen. Nein, ich spreche nicht vom Sonnenschein, sondern von der großartigen Chance, ein zweites Mal zu beginnen. Manchmal glaube ich, ich würde das auch gern tun. Einfach fortgehen, erst einmal alles zurücklassen, um etwas Neues aufzubauen. Nein, alles würde ich natürlich nicht zurücklassen. Meine kleine Anna ist ein wahres Geschenk des Himmels, und das schon fünf Jahre lang. Ohne sie könnte ich nicht mehr leben. Meine Güte, wenn ich daran denke, daß ich vielleicht nicht schwanger geworden wäre und Anna gar nicht bekommen hätte. Wie einsam wäre mein Leben heute, wie leer und traurig. Wer weiß, welche Form von Irrsinn ich betreiben würde, um die Leere wenigstens mit einem Geräusch zu erfüllen. Ich weiß nicht, ob Ihr Euch noch erinnert, wie es ist, wenn plötzlich ein Kind da ist. Mit einem Mal gibt es ein angenehmes Geräusch, wo vorher nur schreckliche Stille war. Doch das weiß man erst hinterher …»

Es war ein schöner Brief, einer von der Sorte, die man allzu selten bekommt, weil sich niemand die Zeit nimmt, seine Gefühle zu Papier zu bringen. Aber es war auch ein trauriger Brief, denn meine Nichte Sabine schrieb mir, daß sie seit einigen Monaten arbeitslos wäre, es gebe keinerlei Hoffnung. In einer Zeit, in der die Gemeinden kein Geld hatten, hatten Kunsttherapeutinnen nicht allzu große Chancen.

Ich ließ den Brief sinken und hatte plötzlich das Bild von einem sehr kleinen Mädchen in einem roten Kleid vor Augen, das fröhlich lachend einen grünen, grasbewachsenen Deich hinunterrollte. Wie alt war Anna eigentlich jetzt? Sie mußte fast sechs Jahre alt sein, ihre alleinerziehende Mutter 23. Wir hatten uns nicht häufig gesehen. Sabine hatte keine Eltern mehr, Anna keinen Vater. Aus dem Brief sprach eine zarte, resignierte Wehmut, und dahinter spürte ich Verzweiflung. Was würde mit den beiden werden? Ich spürte, daß sie sich Sorgen machte um Anna, die im Mangel aufwachsen würde, vielleicht gar in Verbitterung. Sie hatte Angst, daß aus ihrer Tochter ein um seine Kindheit betrogener Mensch werden könnte.

Ich legte den Brief aus der Hand und schaute aus dem Fenster. Martin und Gerhard trugen gerade ein langes Brett über den Hof zu einem der Häuser, in denen wir Ferienwohnungen ausbauten. Was für ein Glück, dachte ich in dem Moment, daß wir hier diese beiden jungen Männer hatten. Sonst würden wir uns unser eigenes Altersheim bauen.

Gedankenverloren öffnete ich den zweiten Brief. Er kam von der Commune St. Jean d'Hortus, unserer Gemeinde, Absender Monsieur le Maire, der Bürgermeister.

«Madame, Monsieur,

... ist uns zur Kenntnis gekommen, daß Sie Ställe und Scheunen, aber auch Lager und Vorratshäuser zu Wohnungen ausgebaut haben, die Sie vermieten wollen. Sollte das der Fall sein, sind wir, die Gemeinde St. Jean d'Hortus, gezwungen, Sie darauf hinzuweisen, daß Sie für Ihre Umbauten keine Baugenehmigungen eingeholt haben ...

... nach unseren Unterlagen sind nur zwei Häuser des Ensembles von St. Martin als Wohnhäuser ausgewiesen, alle übrigen Gebäude sind als Ställe, Garagen, Scheunen und Geräteunterstände ausgewiesen. Aus diesem Grund weisen wir Sie darauf hin, daß illegal ausgebauter Wohnraum nicht vermietet werden darf, weder permanent noch als Ferienwohnung ...»

Es nahm mir den Atem. Als mir das bewußt wurde, holte ich einige Male tief Luft, weil ich Angst hatte zu ersticken. Ich überlegte. Niemand hatte uns gesagt, daß wir uns Baugenehmigungen einholen sollten, auch Claude hatte immer nur von den Arbeiten gesprochen, nicht von den Genehmigungen.

Was sollte daraus werden? Ich spürte, wie sich in mir alles zusammenkrampfte. Wir mußten uns dringend informieren.

«Nein, hier hat niemals jemand eine Baugenehmigung eingeholt», sagte Claude. «Gut, ja, wer ein neues Haus baut, der muß seine Pläne einreichen, damit geprüft werden kann, ob die Statik stimmt, ob nichts zusammenbrechen kann. Aber wer ein altes Haus hat, eine *mas*, ein Anwesen, nein, der hat noch nie einen Antrag stellen müssen. Man macht, was gemacht werden muß, und wenn man mehr ausbaut, als man selbst bewohnt, dann vermietet man und zahlt dafür Steuern und fertig. Jedenfalls war es früher so.»

«Aber es wird doch Gesetze geben.»

«Gesetze, ja, die gibt es. Gesetze werden in Paris gemacht, das hat mit uns in der Provinz oft nichts zu tun. Man will die Opposition oder die Wähler beeindrucken, den Präsidenten ärgern oder die Bürgermeister in ihre Schranken weisen oder was weiß ich.»

«Und was sollen wir machen?»

«Das ist schwer zu sagen, wirklich. Erst einmal müssen wir fragen, warum der Bürgermeister das macht. Will er St. Martin vielleicht selbst kaufen?» Er überlegte. «Nein, ich glaube nicht. Ein Anwesen von dieser Größe, das macht Arbeit. Für einen Park oder eine Freizeitanlage ist St. Jean zu klein. Also muß es einen anderen Grund geben.»

Er dachte kurz nach, dann schaute er uns lächelnd an und sagte: «Er mag euch nicht.»

Er erklärte uns, daß es falsch war, ihn nicht nach dem Umzug zum Aperitif einzuladen oder gar zu einem Abendessen.

«Ihr seid Ausländer mit Geld, ihr seid wichtige Menschen. Und wenn ihr ihn nicht einladet, ist er unwichtig. Er ist aber der Bürgermeister, und der ist nicht unwichtig.»

Wir hatten keine Wahl, wir reichten sehr schnell unsere Anträge ein und baten um eine nachträgliche Baugenehmigung. Unsere Spannung hielt sich jedoch in Grenzen, und tatsächlich, die Anträge wurden allesamt abgelehnt.

Mir stand in der ganzen Zeit nur ein Teil meines Bewußtseins für die Baugenehmigungen zur Verfügung. Der andere

Teil war bei Sabine und Anna. Ihre Situation war bedrohlich, sie wußten nicht mehr weiter, und Sabine war ganz allein auf der Welt. Ich hatte ihr sofort einen Scheck geschickt, als Überbrückungshilfe, und ich hatte einen Brief angekündigt. Vom ersten Moment an war ich überzeugt, daß ich ihnen helfen mußte. Aber wie? Am liebsten hätte ich sie hierhergeholt, und noch vor zwei Wochen wäre ich überzeugt gewesen, daß wir Arbeit für viele Menschen haben würden. Aber jetzt? Ich konnte doch nicht zwei Menschen herholen, um dann vor dem Nichts zu stehen.

Sabine hatte niemanden mehr außer mir. Ihr Vater war kurz nach ihrer Geburt bei einem Unfall ums Leben gekommen, meine Schwester war vor sieben Jahren gestorben. Mir fiel wieder ein, wie wir in dichtem Herbstnebel nebeneinander auf dem Friedhof standen und die Erde auf den Sarg polterte. Sabine klammerte sich an mich, und ich spürte ihr Entsetzen, fortan ganz allein zu sein. Gelbe, rote und grüne Blätter leuchteten durch den Nebel hindurch, und unser Atem machte weiße Wolken in der kalten Luft.

Ich las Sabines Brief wieder und wieder, und ich träumte nachts von Anna und ihr. Es waren nicht immer angenehme Träume. Und daneben lief der Film mit den Baugenehmigungen gnadenlos auf ein ungewisses Ende zu.

In unserer Baugenehmigungsnot wandten wir uns an Norbert, unseren Freund und ziegenhaltenden Kollegen.

«Wie wäre es denn mit Bestechung?» fragte er. «Wißt ihr von irgend etwas, was er braucht? Vielleicht eine Ferienwohnung für seine Verwandten im Norden?»

Doch unser Nachbar, der Winzer Henri de La Ville, warnte uns:

«Bestechung kann viel Ärger bringen, Geldstrafen, Gefängnis, in eurem Fall vielleicht sogar die Ausweisung.»

Das wollten wir auf keinen Fall riskieren. Und niemand hätte uns garantieren können, daß wir damit überhaupt etwas erreichten.

Ich wachte nachts auf und dachte an Anna. Sie würde in die Schule kommen und hätte keinen Vater, ihre Mutter kein Geld. Sie würde zur Außenseiterin, ohne es sich ausgesucht zu haben. Ich schaute auf die Uhr. Es war halb drei. Ich hatte mich entschieden. In meine Bettdecke gewickelt, setzte ich mich an meinen Schreibtisch und schrieb Sabine und Anna einen Brief. Sie hatten mir ihre Gefühle geschickt, also gab ich mir Mühe, auch meine zu Papier zu bringen. Erst einmal versuchte ich zu trösten, so gut es ging, Hoffnung zu geben, wo es keine zu geben schien. Ich fühlte mich so reich belohnt vom Leben, daß ich davon abgeben mußte. Ich hatte meinen Mann Philipp, meinen Sohn Martin, und wir waren in Südfrankreich, und alles war gut.

Natürlich schrieb ich vom Sonnenschein im Midi und den Blautönen des Himmels, aber ich schrieb auch von Martin und Claude, von Gerhard und unseren Freunden Norbert und Monsieur Guy und unseren lieben Nachbarn Anne-Marie und Henri und ihrer Tochter Aurore. Dann schrieb ich von den Erfahrungen, den guten und den schlechten, die wir in einem Dreivierteljahr machen mußten, aber auch von dem, was wir bereits erreicht hatten und was uns stolz und zufrieden machte. Und natürlich schrieb ich von der Magie des Südens, dem Duft von Thymian und Rosmarin, dem wilden Fenchel, von den Zypressen und den Mittelmeerpinien. Ich war sicher, sie würden mir verzeihen, wenn ich schwärmte. Als ich den Brief unterschrieb, zitterte ich vor Kälte, aber mir war wohler.

Am nächsten Tag fuhr ich nach Montpellier, wo ich mich am Bahnhof erkundigte, welche Züge fuhren und was zwei einfache Fahrten von Emden nach Montpellier kosteten. Über diesen Betrag legte ich einen Scheck in den Umschlag, plus Schlafwagen, plus Essen und Trinken auf der Reise. Ich lud Sabine und Anna ein, zu uns zu kommen, bei uns zu wohnen und zu arbeiten, bis ... ja, bis wann eigentlich? Ich war sicher, Sabine konnte sich auch von hier aus in Deutschland um eine neue Stelle bewerben.

Wenn Anna und sie nicht kommen wollten, so schrieb ich ihnen, sollten sie den Scheck zur Bank geben und sich etwas Schönes davon kaufen, etwas, was sie sich sonst nicht leisten würden. Als ich den Brief in den Kasten steckte, hatte ich das Gefühl, gerade etwas sehr Wichtiges gemacht zu haben. Ich konnte einfach nicht nur auf die Baugenehmigungen warten.

«Wir wissen nicht mehr, was wir mit dem Bürgermeister machen sollen», sagte ich beim Mittagessen zu Claude.

Er war fertig mit dem Essen und goß Rotwein auf seinen Teller, um ihn dann leer zu trinken. Rotwein mit Soße wäre das Gesündeste, was ein Mensch zu sich nehmen könnte, sagte er, gesünder noch als heiße Milch mit Knoblauch und Honig. Es wäre eine Sitte, die sein Großvater aus dem Südwesten mitgebracht hätte.

«Also», sagte er nachdenklich, als er seinen Teller abgesetzt hatte, «vermutlich ist der Bürgermeister im Recht. Auch wenn ihr die ersten seid, die eine Genehmigung brauchen, ist daran wohl nicht zu rütteln. Ich habe mich ein wenig erkundigt. Wenn ich es gewußt hätte, hätte ich es euch gesagt, wirklich. Damals hätte man euch die Genehmigung sicher nicht verweigern dürfen. Ich habe außerdem gehört, daß es mit der Überschwemmung zu tun hat. Eine Anweisung aus Paris, daß in Überschwemmungsgebieten nicht vermietet werden darf.»

«Aber du hast gesagt, es war sonst nie überschwemmt.»

«Nie vielleicht nicht, nur solange ich mich erinnern kann.»

Mir wurde langsam klar, was los war.

«Die Überschwemmung ist jetzt aktenkundig, und daran ist dann auch nicht mehr zu rütteln?»

«Ja, etwa so. Daran könnte gerüttelt werden, aber wenn der Bürgermeister nicht will ...»

«... und das alles, nur weil wir ihn nicht zum Aperitif eingeladen haben?»

«Genau. Ich weiß, ihr wart viel zu beschäftigt, und alles war neu für euch, aber trotzdem. Und dann die Geschichte mit der Arena. Ihr wolltet im letzten Jahr nicht zu den Stieren und habt damit alle vor den Kopf gestoßen.»

Er hatte leider recht. Man hatte uns im Sommer gefragt, ob wir nicht in die Arena kommen würden, zu den Stieren. Aber wir hatten nur an blutigen Stierkampf gedacht und brüsk abgelehnt. Mit Tierquälerei wollten wir nichts zu tun haben. Daß es um ein harmlos-sportliches Springspiel mit Stieren ging, das konnten wir doch nicht wissen. Aber weil wir so besserwisserisch gewesen waren, machte jeder erst einmal einen großen Bogen um uns.

«Und nun haben wir einen offiziellen Brief erhalten», brummte Philipp, «und nichts ist mehr rückgängig zu machen.»

«Ja, das ist der Punkt.»

«Ich denke, ich sollte mal mit Yves darüber sprechen. Er weiß viel und hört viel. Vielleicht hat er ja eine Idee.»

Und damit stieg Claude am Nachmittag in seine alte Ente und fuhr nach St. Jean. Wir hörten das Motorgeräusch noch lange, und mir war, als würden wir alle darauf lauschen. Es kam mir vor wie ein schicksalhaftes Geräusch, und irgendwie war es das ja auch.

«Es sieht leider gar nicht gut aus», sagte er bei seiner Rückkehr. «Einmal festgelegt, wird daran nicht mehr viel zu ändern sein, sagte Yves. Genau das sagte ich ja auch.»

«Und nun?»

Claude zuckte die Achseln.

«Oh, nein», rief Martin, «wir haben ein ganzes *hameau* mit zwölf Gebäuden gekauft und können nun nichts damit anfangen. Ist das das Ende vom Traum?»

«Wir können immerhin Ziegenkäse und Rotwein machen. Das ist nicht verboten», sagte Philipp. Es sollte ein Trost sein.

«Viele Jahrhunderte lang wurde hier Wein geerntet, und es wurden Ziegen gemolken», sagte Claude geheimnisvoll. «Immer ist alles beim alten geblieben. Warum sollte sich gerade jetzt etwas ändern? Wir müssen Geduld haben und Vertrauen.»

Ich schaute ihn an. Mir wollte scheinen, daß aus ihm der ewige Süden sprach. Wollte er, daß wir uns zurücklehnten und die Augen verschlossen vor den Realitäten?

«Vertrauen in was?»

«In Yves.» Er sagte es sehr ruhig.

«Yves? Der hat doch gesagt, es wäre nichts zu machen.»

«Na ja, offiziell auf gar keinen Fall. Ob er daneben noch etwas erreichen kann, weiß ich im Moment nicht. Aber er wird es versuchen, das hat er mir versprochen, und ich habe Vertrauen zu ihm.»

«Und du meinst, es könnte klappen?»

«Woher soll ich das wissen?»

«Aber er versucht es für uns?»

Claude schaute uns erstaunt an. «Nein, er versucht es für mich.»

«Und wir?»

«Ach, wißt ihr nicht, daß Yves große Probleme mit euch hat, weil ihr Deutsche seid?»

Nein, wir wußten es nicht. Aber es erklärte vielleicht sein zögerliches Verhalten und daß er immer nur das Nötigste für uns tat und uns dabei auch noch das Gefühl gab, wider Willen zu handeln.

«Yves hat seine beiden einzigen Söhne im letzten Krieg verloren. Einer war Soldat, der andere im französischen Widerstand, der *résistance.*»

Ich muß gestehen, ich hatte plötzlich einen Kloß im Hals, als ich mich so unerwartet von der deutschen Geschichte eingeholt fühlte. Irgendwie hatte ich es schon lange befürchtet, hatte jedoch nie darüber gesprochen, um nicht in meinem Gefühl schlummernde Gespenster zu wecken.

«Und er war selbst auch aktiv im Widerstand.»

Ich mochte Claude in diesem Moment nicht fragen, ob er auch im Widerstand gekämpft hat. Einerseits, fand ich, war die Geschichte lange genug vorbei, und Philipp und ich waren ja auch viel zu jung, auf der anderen Seite standen wir mitten drin. Als Deutsche. Ich fand die Situation delikat.

«Er hat mir versprochen, mit einem alten Kameraden aus dem Widerstand Kontakt aufzunehmen, der soll gute Kontakte zu wichtigen Kreisen haben.»

Plötzlich spürte ich eine fast unerträgliche Spannung. Wir waren bedroht, aber wir hatten das Handeln aus der Hand geben müssen. Jetzt konnten wir nur noch warten. Das gefiel mir nicht.

Am nächsten Tag erreichte mich ein Umschlag vom Briefzentrum Ostfriesland mit einer Postkarte:

«Liebe Charlotte!

Wie können wir dir nur danken? Du hast uns nicht nur eine Einladung geschickt, Geld oder eine Fahrkarte, nein, du hast uns die Hoffnung geschickt, die strahlende, wärmende Sonne, und ich weiß im Moment nicht, wie ich dir jemals danken kann. In einem Moment größter Verzweiflung war plötzlich dein Brief im Kasten. Anna verstand erst gar nicht, warum ich mit einem Mal jubilierte, wo vorher die Stimmung eher verhangen war.

Wir haben alles gemeinsam besprochen, und wir sind beide übereingekommen, nach Südfrankreich zu ziehen, zu euch. Meine Güte, wie freuen wir uns! Plötzlich beginnt jeder neue Tag fröhlich, plötzlich erscheint mir das schlimmste Wetter noch belebend. Ich danke dir mit meinem ganzen Herzen. Du hast uns das größte Geschenk gemacht, das Menschen bekommen können: Lebensfreude.

Wir werden am 2. Februar um 14.23 Uhr auf dem Bahnhof von Montpellier ankommen. Würdet Ihr uns dort abholen?

Deine Sabine + (daneben riesengroß und krakelig:) Anna»

In Gedanken sah ich sie bereits auf dem Bahnsteig warten: zwei verlorene Gestalten in doppelt dicken Wintermänteln, dem unwirtlichen Nordwesten entronnen, heimatlos und verängstigt. Anna würde vermutlich die fremde Welt mit weit aufgerissenen Augen verschreckt anstarren. Niemand sprach Deutsch, alles mußte ihr fremd und abweisend erscheinen. Und dann dieser eisige, trockene Wind.

Meine Phantasie hatte mir einen Streich gespielt. Am Tag ihrer Ankunft war es windstill, und die Sonne brannte heiß vom Himmel. Und meine beiden nordwesteuropäischen Flüchtlinge wirkten gar nicht verloren, eher wie Urlauber. Sabine schaute ernst, aber überhaupt nicht verzweifelt. Anna hatte dunkle Locken, sie trug eine dicke Jacke aus dunkelrotem Samt, Jeans und Lackschuhe. Ihre Augen waren in der Tat weit aufgerissen, jedoch nicht vor Angst, sondern vor Freude. Sabine fiel mir in die Arme, wir weinten alle beide.

«Meine Güte, daß es so warm ist, hatte ich gar nicht erwartet», sagte sie auf dem Weg zum Auto. «Ich hatte eigentlich mit Winter gerechnet.»

«Du sprichst ja dieselbe Sprache wie wir», stellte Anna fest. Das Erstaunen ließ ihre dunklen Augen noch größer werden.

Sabine hatte sie darauf vorbereitet, daß in Frankreich alle Menschen Französisch sprechen, so wie Deutsch in Deutschland. Auf der Reise hatte diese Aussage noch Gültigkeit, und jeder Mensch, den sie unterwegs trafen, bestätigte es aufs Neue.

«Wir sind ja auch Deutsche wie du», sagte ich.

«Ich bin keine Deutsche, ich bin Anna.»

«Oh, kuck mal, Bine, Palmen!» rief Anna außer sich, kaum daß wir draußen waren. «Das ist ja wie in Afrika.»

In der Tat reckten die Palmen ihre grünen Fächer hoch in den blauen Himmel. Was für ein Bild, zusammen mit dem cremefarbenen Bahnhof aus dem 19. Jahrhundert, dachte ich gerührt.

«Meine Güte, ist es schön grün bei euch. Und das im Februar», rief Sabine begeistert und schaute im Vorbeifahren mit großen Augen auf die immergrüne Garrigue, jenen robusten Wildwuchs des südfranzösischen Brachlandes. Das war unsere Wildnis, und aufs Stichwort erklärte ich Pflanzen und Kräuter begeistert, auch wenn ich es ihr bereits in meinem Brief beschrieben hatte.

«Gibt es hier auch Löwen?» unterbrach mich Anna, und als sie die ersten schwarzen Stiere sah, war sie ganz sicher, sich in einer Videokassette zu befinden.

Ich muß gestehen, auf dieser Fahrt sah ich unseren sonnigen, grünen Midi noch einmal mit anderen Augen. Der Himmel war eine Spur blauer, die Sonne strahlender, die Blätter grüner und der Stein gelber als auf der Hinfahrt. Und als dann noch ein riesiger Raubvogel majestätisch neben unserem Auto in der Luft schwebte und uns einfach ignorierte, wußte ich plötzlich nicht mehr, ob es nicht doch ein Film war.

«Kuck mal, ein Adler», sagte Anna wie beiläufig, denn sie wickelte gerade die dunkle Schokolade aus, die ich ihr mitgebracht hatte.

Und dann lag St. Martin vor uns. Langsam fuhr ich auf unsere südliche Heimat zu, auf die goldgelben Häuser, daneben die Ruine der romanischen Kirche aus dem 9. Jahrhundert mit den drei Mittelmeerpinien.

«Darf ich aussteigen?» fragte Anna, und ich hielt an.

Sie hüpfte vor dem Auto her auf St. Martin zu und wedelte dabei ausgiebig mit den Armen.

Der erste, der ihr entgegenkam, war unser Hofhund Olli. Er trabte, ganz schwarze Hundetraumgestalt, zwischen den Häusern hervor und schwankte dabei wie ein Kamel. Sein Schwanz wedelte, und er hechelte, und seine Zunge war rosa. Vor Anna blieb er stehen und schaute sie mit seinen freundlichen Knopfaugen an. Schnell stieg ich aus und wollte eingreifen. Ich wollte nicht, daß Anna Angst vor ihm bekam, denn er war nicht wesentlich kleiner als sie. Kaum war ich hinter ihr, hörte ich, wie sie mit Nachdruck sagte:

«Hallo, Hund.» Sie schaute ihn an, Olli schaute weg, nach Hundeart. «Leg dich mal hin.»

Olli ließ sich in den Sand fallen und lag ganz still. Erst schaute er sie noch prüfend an, dann legte er auch seinen Kopf in den Sand. Nur weil ich diese Idylle nicht stören wollte, unterdrückte ich das Lachen, das in mir hochstieg. Und dann standen sie alle da, Philipp und Martin und Claude und Gerhard, und sie sagten im Chor:

«Herzlich willkommen. *Bienvenu!*»

Und Gerhard hob Anna hoch in die Luft.

«Wieso heißt das hier St. Martin? Ist das dieser hier? Gehört ihm das hier ganz allein?»

Sie zeigte mit dem Daumen über die Schulter auf Martin.

«Im Kindergarten hatten wir auch einen Martin. Der hatte einen Zauberkasten.» Sie dachte nach und fügte hinzu: «Aber der war doof.»

Und dann wandte sie sich dem Meckern der Ziegen zu, das laut durch unser *hameau* schallte. Sie waren hungrig. Und das Leben ging plötzlich wieder seinen Gang.

Durch Anna wurde das Leben in St. Martin voller, bunter, runder. Es wurde natürlicher. Und das Warten auf eine Nachricht von Yves wurde leichter. Wir waren abgelenkt. Dann klingelte das Telefon, fast unerwartet. Es war ein Mann vom *conseil général*, ein Politiker, der uns zu einem Treffen bat. Er nannte Zeitpunkt und Ort, ein Luxusrestaurant in Montpellier, wir sollten einen Tisch bestellen.

Dieser Herr war mittelalt, sehr gut aussehend, sehr höflich, sehr gut erzogen, und zu mir war er außerordentlich charmant. Er war perfekt. Die Weine waren erlesen, das Essen exzellent, und die Preise erinnerten uns an Deutschland. Wir sprachen kein einziges Mal über Baugenehmigungen. Wir plauderten angenehm über das Essen und Trinken im allgemeinen, dann über die Speisen, die wir vor uns hatten, über Essen und Trinken in Deutschland, in Frankreich, und als wir sagten, in Frankreich würde man besser essen, widersprach er uns und nannte ein Restaurant in München und eines in Hamburg. Wir redeten über Weine, Champagner und aus der Mode gekommene natursüße Weine. Wir tranken zum Roquefort und zum Dessert einen sündhaft teuren Sauternes, der wie Öl über die Zunge lief und den Gaumen in Hochstimmung versetzte. Wir berichteten, warum wir Deutschland verlassen hatten, daß wir den Ruf der Erde vernommen hatten, und der Herr erzählte uns von seiner Kindheit, den Ferien bei den Großeltern auf der Domäne in den Landes, im Südwesten Frankreichs, und wie sehr er das Landleben liebte.

Er sprach von der frisch gepflügten Erde, vom Duft der eben gemähten Gräser, von Herbstfeuern und seinen ersten selbstgefangenen Forellen. Als er von seiner Begeisterung für Stiere berichtete, waren wir vorsichtig enthusiastisch, das erschien uns strategisch vorteilhaft.

«Ihre armen Familien mußten leider diese für Ihr Land schreckliche Zeit miterleben?»

Erst verstanden wir ihn gar nicht, erst als er hinzufügte: «Ganz Europa mußte leiden, aber das deutsche Volk doch immerhin auch, nicht wahr?», wurde uns klar, was er meinte.

Philipps Vater war als Lateinlehrer in die innere Emigration gegangen und niemals Soldat geworden. Mein Vater war Arzt, erst im Norwegeneinsatz, später in englischer Gefangenschaft. Er hatte den Krieg gehaßt.

«Es ist bei Ihnen niemand nach Frankreich befohlen worden?»

Nein, niemand außer einer Tante meines Vaters, die als Rotkreuzschwester, einem Feldlazarett zugeordnet, bis nach St. Etienne gekommen war.

«Eine Rotkreuzschwester? Das sind Menschen, die Gutes tun.»

Nach dem Kaffee unterhielten wir uns noch eine Weile über Deutschland und Frankreich, die Europa anschieben müßten in einer Welt, die sich rasant ändert. Ob sich unsere Kinder wohl noch zurechtfinden würden?

Und dann baten wir um die Rechnung, verabschiedeten uns sehr höflich, nahmen seinen Dank für unsere Einladung mit einem Lächeln an und fuhren gegen Mitternacht zurück nach St. Martin. Wir hatten einen sehr angenehmen Abend verbracht, wußten jedoch nicht, woran wir waren. Wir wußten nicht einmal genau, worum es ging. Hatten wir wenigstens einen guten Eindruck machen können?

Drei Tage später meldete sich der Bürgermeister für den Nachmittag an.

Philipp und ich reichten ihm die Hand. Der Bürgermeister sah freundlich aus und harmlos. Wir setzten uns mit ihm für einen Pastis an den kleinen, weißgestrichenen Holztisch, der im Winter im Windschatten an der Mauer stand. Es war warm, ein schwacher Wind wehte, in Deutschland hätten wir es sommerlich genannt. Wir waren aufgeregt, gehemmt.

«Der Gemeinde ist ein Fehler unterlaufen. Wenn Sie vielleicht meine Entschuldigung annehmen würden.»

Wir waren nicht sicher, ob wir richtig verstanden hatten.

«Die Baugenehmigungen, ja, um die geht es. Wir haben uns geirrt, denn St. Martin war immer schon bewohnt, früher sogar alle zwölf Häuser, soweit ich weiß.»

Philipp jedoch wollte nicht so leicht einlenken, nach all den schlaflosen Nächten:

«Hätte man sich denn nicht informieren können, bevor man solche Briefe herausschickt, Ablehnungen erteilt, Menschen bis in ihre Grundfesten erschüttert?»

Mir stockte der Atem. Er würde doch jetzt hoffentlich einlenken, würde es nicht übertreiben.

«Ach, wissen Sie, es gibt jeden Tag so schrecklich viel zu tun, so viel Verwaltung, so viele Akten zu bearbeiten. Da kann leicht einmal ein Fehler unterlaufen, wenn man nicht aufpaßt. Zum Glück ist es mir jedoch rechtzeitig aufgefallen, und ich bin sofort zu Ihnen gefahren, um Ihnen persönlich Ihre Baugenehmigungen zu bringen.»

Der Bürgermeister lächelte freundlich, holte einige Papiere aus seiner Mappe und legte sie auf den Tisch.

«Es sollte doch schnell gehen», fügte er entwaffnend hinzu.

Dann trank er von seinem Pastis und lehnte sich zurück, lächelte uns wieder an, erst mich, dann Philipp.

«Ich wußte ja nicht, daß es in Ihrer Familie jemanden gab, der aktiv mit unserer *résistance* zusammenarbeitete. Alle Achtung, das war gefährlich damals, sehr gefährlich, für alle.»

Er trank noch einmal, beugte sich vor und fügte leise hinzu: «Es gab nicht viele deutsche Soldaten, die so mutig waren. Ich habe gehört, Frankreich hat Ihrer Familie viel zu verdanken.»

Wir wagten kaum zu atmen, trauten uns nicht, die Lüge zu bestätigen. Wir schauten alle drei zwischen den Häusern hindurch auf die kahlen Reben, redeten über das Wetter, die Sonne, die Trockenheit.

«Ich würde es sehr bedauern, wenn Sie sich große Sorgen gemacht haben?»

Da kam Sabine aus dem Haus, um mich etwas zu fragen.

«Darf ich Ihnen meine Nichte Sabine vorstellen, sie ist mit ihrer Tochter gekommen, um vorerst bei uns zu bleiben.»

Die Sonne ließ Sabines blonde Locken aufleuchten, als würden sie funkeln, ihr Gesicht war von der Sonne gerötet, sie sah frisch aus und jung und unbelastet. Ich fand, sie paßte gut zu uns und nach St. Martin. Und mit einem Mal wußte ich, daß sie bleiben würde. Sie gehörte hierher, so wie wir auch.

«Sie planen also eine deutsche Enklave?» lachte der Bürgermeister.

Vermutlich dachte er an so etwas wie die holländische Siedlung, zwanzig Kilometer entfernt, in der man nicht einmal Französisch zu sprechen brauchte. Wir hatten viel davon gehört, auch davon, daß die armen Holländer dort als arrogant galten. Dabei kamen sie doch nur dorthin, weil sie kein Französisch sprachen.

Und dann fragten wir, wann denn wohl dieses Jahr die Stierkämpfe in der Arena wären? Das Gesicht des Bürgermeisters erhellte sich schlagartig.

«Ah ja, die Arena. Das ist im Juli, gleich im Juli. Sie werden kommen? Das ist großartig. Menschen wie Sie werden dafür sorgen, daß die Gemeinden nicht sterben. Die einen gehen weg, und die anderen werden kommen, Menschen, die sich vom Land gerufen fühlen.»

Wir wollten Yves zum Dank zum Essen einladen, aber er ließ über Claude ausrichten, er müsse eine Einladung leider ablehnen, er hätte zuviel Arbeit. Er hoffe jedoch, daß es ihnen in Zukunft gutgehen werde, den Deutschen.

Für allzuviel Rührung jedoch blieb uns keine Zeit. Sabine war da, Anna und sie mußten in einer der Wohnungen untergebracht, ihr Leben mußte eingerichtet werden. Anna sollte noch schnell in den Kindergarten, damit sie bereits vor dem Schulbeginn im September Französisch lernen würde.

«Sprechen sie dort alle Französisch?»

Weil sie mir leid tat, druckste ich ein wenig herum. Alle atmeten erschrocken ein, hielten die Luft an.

«Ach, ich glaube, ich muß es ganz schnell lernen, sonst kann ich ja gar nicht mit ihnen spielen. Und nun muß ich schlafen. Ich bin schon sehr müde.»

K*aum gewonnen …*

Ich fühlte mich ganz genau so ernst, wie mein Gesicht ausgesehen haben muß, als ich vom Kaffee bei unserer Nachbarin Marie de La Ville zurückkam. Ich hatte mit einer Tasse Kaffee und einem Keks gerechnet, allenfalls mit einem Stück Kuchen. Die schwere Schokoladentorte mit der Flasche sechs Jahre altem, schwersüßem Banyuls aus dem Roussillon traf mich völlig unvorbereitet. Die kleine Tasse Kaffee zählte da gar nicht.

«Was ist passiert, Charlotte?» fragte Philipp.

Ihm konnte ich nie etwas vormachen.

«Ich bin gerügt worden.»

Er schaute mich fragend an.

«Nein, nicht gerügt. Sagen wir, sie hat mir ins Gewissen geredet, so von Frau zu Frau. Es geht um Aurore, um Aurore und Martin. Sie scheinen sich näher zu sein, als wir dachten.»

«Und? Geht das nicht eigentlich nur die beiden etwas an?»

Ich mochte ihm nicht sagen, daß ich diese Einstellung typisch männlich fand.

«Na ja, sie soll im nächsten Schuljahr Abitur machen, und überhaupt ...»

«Was heißt das: überhaupt?»

«Weißt du, das scheint hier alles ein wenig anders zu sein als in Deutschland. Aurores Eltern möchten nicht, daß sie sich in diesem Alter bereits mit Jungen beschäftigt.»

«Aber sie ist siebzehn Jahre alt und völlig normal entwikkelt, wie ich den Eindruck hatte.»

«Vielleicht ist es der Süden, Philipp, ich weiß es nicht. Aber sie möchten, daß sie ungestört ihr Abitur macht, daß sie dann ganz in Ruhe studiert und daß sie sich erst danach einem Mann zuwendet. Stell dir vor, Philipp, sie hat mich gebeten, sie zu unterstützen.»

«Oh, meine Güte, es ist ernst. Aber in welcher Welt leben die denn eigentlich?»

«In Frankreich, Philipp, und zwar im Süden. Und nur weil es unsere Freunde und Nachbarn sind, hat Marie überhaupt von Frau zu Frau mit mir gesprochen, da bin ich sicher. Sie hat mir gesagt, daß man in den guten Familien auf seine Kinder achtet, und sie ließ überhaupt keinen Zweifel daran, daß sie es sehr ernst meinte. Sie erzählte mir dann noch die Geschichte von einer ihrer Schulfreundinnen, deren Eltern es nicht gefiel, daß sie mit dreizehn Jahren einen ganz harmlosen

Freund hatte, und die dann für den Rest der Schulzeit zu den Nonnen in die Normandie geschickt wurde.»

«O nein, eine Drohung auch noch. Aus dem Midi in die Normandie. Donnerwetter, das ist ja wie Verbannung.»

«Ganz genau. Marie fand das zwar auch schrecklich, aber ich konnte mich des Eindrucks nicht erwehren, daß sie vor allem das Verhalten ihrer Schulfreundin schlecht fand.»

«Oha. Und was machen wir deiner Meinung nach jetzt?»

«Du mußt etwas machen, Philipp. Du mußt mit Martin sprechen und ihm sagen, daß man auf dem Land seine Nachbarn braucht. Jeder braucht Freunde im Leben, sonst kann man einpacken.»

«Aha», unterbrach er mich, «ich soll Martin also sagen, wenn er mit Mädels schlafen will, dann soll er sich so was wie einen Triebableiter suchen, statt mit der Tochter des Nachbarn rumzumachen. Die ist nur zum Heiraten, ist es das?»

Obwohl mir eigentlich nicht danach zumute war, mußte ich doch schmunzeln. Männer hatten manchmal eine so drastische Ausdrucksweise, daß einer Frau ganz anders werden konnte.

«Ja, in etwa so», sagte ich.

«Und du meinst nicht, daß das die Angelegenheit der beiden jungen Leute ist? Dich als meine Frau kann ich ja wenigstens fragen, nicht?»

«Ja und nein.»

Wie ich erwartet hatte, lachte Martin nur und sagte, wir würden alle zusammen doch nicht mehr im vorigen Jahrhundert leben.

«Und wenn doch?» versuchte ich vorsichtig zu fragen, doch er ging gar nicht erst darauf ein. Das hätte ich an seiner Stelle auch vermieden.

Heute bin ich nicht mehr sicher, ob nicht wir den beiden

alles verdorben haben. Philipp und ich, wir versuchten alle beide, Martin zur Einsicht zu bringen, von sich aus die Finger von Aurore zu lassen. Doch vermutlich haben wir damit die ganze Situation erst richtig interessant gemacht, den Wert von Aurore ins Unermeßliche gehoben. Warum dachten wir gerade in dem Moment nicht daran, daß Jungen in Martins Alter sehr häufig das Gegenteil von dem machen, was man von ihnen verlangt?

Wenn ich Aurore anschaute, konnte ich ihn gut verstehen. Sie war wirklich ungewöhnlich intelligent, hübsch und sehr charmant. Sie war so himmlisch, als wäre sie nicht von dieser Welt. Nein, ich bin nicht einmal sarkastisch, wenn ich sie einen der seltenen Engel nenne. Allerdings hatte ich jetzt begriffen, daß ihre Eltern an der Erziehung zum Engel großen Anteil hatten. Martin jedoch, soviel war mir klar, war alles andere als ein Engel, und daran war vermutlich unsere Erziehung nicht ganz unbeteiligt.

Henri und Marie de La Ville waren unsere Nachbarn, sie waren reizende Menschen und unsere Freunde.

Aus unserer Sicht passierte mit ihrer Tochter gar nichts Böses, die Natur verhalf sich nur zu ihrem Recht. Außer dem alten Claude hatten wir jetzt unseren Sohn Martin, der inzwischen achtzehn Jahre alt war und sich deshalb nicht gern etwas vorschreiben ließ, dann hatten wir Gerhard mit seinen 26 Jahren, der zwar bei uns lebte und an allem teilnahm, der jedoch nicht müde wurde zu erklären, daß er eines Tages weiterreisen würde, schließlich wäre er tief in seinem Herzen ein reisender Pantomime, ganz nach alter Art. Ja, und dann hatten wir die 23 Jahre alte Sabine mit ihrer Tochter Anna. Die drei jungen Erwachsenen lebten hier draußen mit uns auf dem Land, und sie waren gesunde Menschen mit Hormonen.

Meine Güte, ich sah doch, wie sie einander manchmal anschauten. Mal sägte Gerhard mit nacktem Oberkörper in der Sonne Holz, mal strich Martin in Badeshorts einen alten Schrank, und dann wieder lag Sabine im Bikini auf dem Liegestuhl und sonnte sich. Die Natur ist allgegenwärtig, Hormone und Gene leben ihr ganz eigenes Leben und hören in diesem Alter auf nichts von dem, was man ihnen vorzuschreiben versucht.

«Schläfst du mit Sabine?» traute ich mich eines Morgens am Frühstückstisch, Martin zu fragen.

In der Nacht hatte ich mich schlaflos von der Frage quälen lassen, warum sich eigentlich niemand in die Pflicht nahm. Warum ließen sie sich eigentlich so schrecklich gehen? Hatten sie zu viele Freiheiten?

Er musterte mich prüfend.

«Muß ich dir diese Frage wirklich beantworten?»

Nein danke, es reichte bereits.

«Könntet ihr bitte für euch behalten, was ihr miteinander treibt, ja? Wir sind hier so eine Art künstliche Gemeinschaft, und ich wäre froh, wir könnten auch weiterhin miteinander auskommen. Hast du denn gar keine Bedenken, daß du Sabine morgen gar nicht mehr in die Augen schauen magst?»

«Ah, laß doch, Charlotte, das brauchst du mir wirklich nicht zu sagen.»

Ich ließ es tatsächlich, fragte nicht weiter. Vermutlich hatte er recht. Ich fragte mich nur manchmal, ob es richtig von Philipp und mir war, ihn mit in den Midi zu nehmen. Er hatte uns gebeten, gut, aber er war eigentlich noch zu jung, sein Leben hier in der Abgeschiedenheit der Hochebene des Hortus zu verbringen. Für Philipp und mich war es etwas ganz anderes, fand ich.

Dabei wußte ich, daß er mit Mareike in regelmäßigem Briefwechsel stand. Das mit den beiden war also nicht vorbei, trotz des Streits im letzten Jahr. Drei Frauen und der nicht zu realisierende Traum vom Ökoparadies, das mußte doch eigentlich zuviel sein für einen jungen Mann in seinem Alter?

Und dann sah ich Sabine und Gerhard aus der Garrigue kommen. Was sie verband, war mir vom ersten Moment an klar, es sprach aus ihren Bewegungen, aus ihrer Vertrautheit, die sich in winzigen Gesten offenbarte. Da hätte ich die Grashalme in Sabines Haar gar nicht zu sehen brauchen.

«Meinst du, du könntest aufpassen, daß du hier keinen Unfrieden stiftest?» fragte ich Sabine am nächsten Tag.

Sie schaute mich erstaunt an, doch auch ein wenig ertappt.

Erst fragte sie: «Wieso?»

Doch dann besann sie sich:

«Meinst du ...?»

Ich nickte. «Es wäre nicht gerade angenehm für das Zusammenleben der Menschen in St. Martin, wenn einer vom anderen erführe. Ich meine Gerhard und Martin, weißt du.»

«Gut, ich werde aufpassen. Versprochen.»

Es nagte zwar an mir, und ich war überhaupt nicht einverstanden, doch was sollte ich weiter machen? Also gab ich mich erst einmal zufrieden. Ich konnte doch kein Anstaltsregime etablieren. Und außerdem – wer sollte besser verstehen als ich, daß man manchmal einen Menschen an seiner Seite brauchte. Und wenn es auf dem Kopfkissen war. Ich hatte ja Philipp, und ich war auch nicht wenig froh darüber, und ich fand, für unser Alter und unsere jetzt 21 Ehejahre genossen wir einander wirklich.

Es ist schön, nicht allein zu sein.

Aber war die Einöde von St. Martin wirklich etwas für junge Menschen? Zwangen wir ihnen nicht ein unnatürliches Leben auf?

«Hast du schon gehört?» fragte Marie de La Ville, als wir uns zufällig im Supermarkt beim Großeinkauf trafen. Obwohl wir zu Hause erwartet wurden, nahmen wir uns doch die Zeit, uns zu einem kleinen, schwarzen Kaffee niederzulassen, die Einkaufswagengebirge neben uns.

Für mich gibt es keinen Klatsch, es gibt nur mitteilsame Menschen und schweigsame. Also fand ich es nicht verwerflich, daß sie mir von Nachbarn erzählte, die ich gar nicht kannte, jungen Leuten, die aus Paris gekommen waren, um Biowein zu machen. Später hatten sie dann der Versuchung nicht widerstehen können, Hanf anzubauen und ihn dann auch noch zu verkaufen, was ihnen zwar erst einen gewissen regionalen Ruf einbrachte, jetzt jedoch auch Gefängnis und Versteigerung. Alles kam unter den Hammer, um Steuernachzahlung, Geldstrafe und Anwälte zu bezahlen.

«Sie hätten die Finger von dem Zeug lassen sollen», grummelte Philipp. «Warum reichte ihnen der Wein denn nicht, der berauscht doch auch.»

Ich wußte, das sahen nicht alle so, doch warum sollte ich ihm das sagen?

«Marie sagte mir, sie wollen die Hälfte von dem Land kaufen, mehr können sie nicht bearbeiten. Ob wir nicht die andere Hälfte nehmen wollen?»

«O ja», Martin horchte auf, «Henri hat schon lange vor, neben seinem eignen Wein noch eine Bioschiene zu fahren. Darüber haben wir uns im letzten Jahr lange unterhalten. Er hatte Angst vor der Umstellung.»

«Du meinst, er will wirklich Biowein machen? Warum hat er mir nie etwas davon erzählt?»

«Du hättest ihn fragen sollen, wie ich es getan habe. Wenn er von allein mit dir davon gesprochen hätte, wäre es so, als hätte er dich belehren wollen oder gar auftrumpfen. Dafür ist er zu gut erzogen. Er findet jedoch tatsächlich, daß Bioprodukte das Gebot der zukünftigen Landwirtschaft sind.»

«Ein großes Wort, es klingt so politisch.»

Martin lächelte mild, dann fragte er:

«Warum kaufen wir denn nun nicht die andere Hälfte vom Land, wenn es nicht zu teuer ist? Auf einer Versteigerung hat man ja vielleicht Glück?»

«Interessant fände ich die Idee schon, Martin. Aber wo würden wir den Biowein denn machen?» fragte Philipp. «Du weißt doch, wir haben keine Presse, keine Tanks, nichts. Unser Wein wird in der *cave cooperative* gemacht ...»

«Henri hat das alles auch nicht. Aber ihr könntet zusammenlegen und den Hof dazu kaufen. Die Wohngebäude vermietet ihr, und euren Wein macht ihr gemeinsam. Dann hättet ihr so eine Art Bio-Kooperative.»

«Das klingt nicht schlecht. Ich werde Henri anrufen.»

Henri kam schnell vorbei, noch am selben Abend.

«Wißt ihr», sagt er, «ich habe lange schon überlegt, wie man es schaffen kann, auf biologischen Anbau umzustellen. Fünf Jahre Umstellung sind nicht leicht zu verkraften für Menschen, die von ihrer Arbeit leben müssen.»

«Auf der anderen Seite: Was sind schon fünf Jahre, für dein Leben und für das Leben deiner Nachkommen, wenn damit alles sauber ist?»

Beinahe hätte ich über Martins Einwand gelacht, nicht bösartig, nein, einfach erstaunt und auch ein wenig verlegen. Philipp schaute mich von der Seite an, verschwörerisch, wissend. Sobald es um ökologisch Einwandfreies ging, war Martin plötzlich hellwach. Bio, das war sein Anliegen. Er war kein Bauer, er würde vermutlich niemals einer sein, aber er war sofort dabei, wenn es um seinen Traum von Natürlichkeit ging. Es war seine starke Seite.

«Du würdest also gern Biowein machen? Habe ich dich recht verstanden, Martin?»

«Ja, ganz genau. Ihr wißt ja vielleicht, mit welchen Vorstellungen und Träumen ich hierher kam. Gut, mittlerweile habe auch ich lernen müssen, daß man nicht ohne Rücksicht auf Verluste vorgehen kann. Aber deshalb habe ich meinen Traum nicht aus den Augen verloren, wirklich nicht.»

Ich hatte den Eindruck, daß Philipp ihn in diesem Moment in die Pflicht nehmen wollte. Philipp war schon immer viel vorausschauender als ich, und unser Sohn Martin brauchte in der Tat eine Zukunft. Er konnte doch nicht sein Leben mit dem Vermieten von Ferienwohnungen zubringen. Ich fand, das war mehr etwas für Menschen in der zweiten Lebenshälfte. Oder wollte er einfach nur Martins ökologische Strenge für immer aus St. Martin verbannen?

«Es ist eine hervorragende Idee, wir sollten es wirklich zusammen machen», sagte Henri de La Ville einige Tage später und reichte Philipp die Hand. «Wir bieten auf der Auktion gemeinsam, dann teilen wir den Anschaffungspreis durch zwei. Wir produzieren gemeinsam und verkaufen den Wein vorerst in Deutschland. Ihr helft mir beim Vertrieb, denn Ihr wißt doch, eure schwierige Sprache.»

«Französisch ist viel schwerer.»

Lachend ergriff Philipp Henris Rechte und schüttelte sie heftig, und es war beschlossen. Martin stand daneben und sagte nichts, aber ich konnte spüren, daß es ihm sehr naheging. Da war er endlich, der erste Zipfel seines Lebenstraums, gleich nach dem Komposthaufen.

«Wir haben jetzt zehn Hektar Weinland mehr. Ich weiß allerdings nicht, wie wir dieses Jahr die Ernte auf die Beine stellen sollen», sagte Philipp einige Tage später unvermittelt. Er raufte sich die Haare. Wie immer ergaben sich die Probleme erst nach den Entscheidungen. «Die Regierung hat der Schwarzarbeit den Kampf angesagt.»

«Ich könnte meine ganze ehemalige Klasse einladen», sagte Martin.

Philipp fuhr herum, nach dummen Witzen war ihm nicht zumute. Als er sah, daß es Martin einigermaßen ernst war, sagte er nichts, doch ich konnte erkennen, daß ihn die Vorstellung nicht begeisterte, 25 Heranwachsende auf Abenteuerurlaub bei unserer Weinernte zu beaufsichtigen – nein danke, danach stand auch mir nicht der Sinn.

«Und wenn wir auch für den Wein bei der *cave cooperative* die Erntemaschine bestellen?» Es war wieder einmal meine Aufgabe, die unangenehmen Dinge auszusprechen. Ich liebte diese Rolle gar nicht, aber als Frau bekam ich sie immer ganz automatisch zugeschoben.

«Charlotte! Auch wenn dieses Ding dem modernen Winzer aus der Personalklemme hilft, ich mag es gar nicht.»

Philipp empörte sich, auch das gehörte zum Spiel.

«Na, da bin ich aber froh, daß du so eindeutig Stellung bezogen hast», sagte Martin fröhlich. «Ich hatte schon Angst, daß der Biowein mit der Maschine vom Stock gerissen würde. Was für eine schreckliche Vorstellung.»

«Wie löst Henri denn das Problem?»

«Erst einmal hat er diese spanische Familie, die bei ihm auf den Hof wohnt, und dann kommen zur Weinernte immer seine und Maries Familie angereist. Er sagte mir, daß es so eine Art riesengroßes Familienfest ist.»

«Da kann man ja neidisch werden.»

«Die könnten doch auch zu uns kommen …»

«Jaja, wir adoptieren sie einfach ...»

«Und was machen wir nun?»

Nun, erst einmal machten wir lange Gesichter. Dann überlegten wir, ob wir nicht vielleicht doch unsere deutschen Freunde einladen sollten, zu so einer Art Weinparty. Bei genauerem Überlegen verwarfen wir diesen Gedanken ganz schnell wieder und sahen uns bereits Tag und Nacht Wein von der Rebe zupfen.

Wer weiß, ob der Zufall nicht einige Engel bereithält, um das Schlimmste abzuwenden. Wie sonst sollte ich jedoch erklären, was uns widerfuhr?

Wir hatten Monsieur Guy, unseren Freund der ersten Stunde, dessen Frau im letzten Jahr gestorben war, eingeladen. Dann wollte ihn sein Sohn mit dessen Familie besuchen, und Guy wollte absagen.

«Bringe sie doch einfach mit», schlug ich vor.

«Aber mit den Kindern sind wir sieben Menschen.»

«Na und?» sagte ich und blieb bei der Einladung.

Guy hatte sich seit dem Tod von Arlette mehr denn je mit Essen und Trinken beschäftigt. Es war er, der uns damals in die Geheimnisse des Ziegenkäses eingeführt hatte, und er war indirekt dafür verantwortlich, daß Philipp von einer Ziege geküßt worden war. Ohne ihn wären wir vermutlich gar nicht hier.

Das Telefon klingelte.

«Ich habe da ein kleines Problem», wand sich Guy. «Wir können leider doch nicht kommen, denn plötzlich hat sich für Sonnabend auch noch meine Familie aus dem Norden angesagt. Können wir nicht vielleicht doch einen anderen Termin vereinbaren?»

«Warum bringst du sie nicht einfach mit?»

«Alle?»

«Wie viele sind es denn?»

«Sie sind zu sechst unterwegs nach Barcelona, um die Schwiegereltern meines Neffen nach ihrem Besuch zurückzubringen, und dann wir sieben.»

Ich überlegte. Sechs Personen zusätzlich an unserem großen Tisch? Doch, das würde gehen. Warum also nicht?

«Bring sie mit, sie sind alle eingeladen.»

«Aber das ist zuviel, Charlotte ...»

«Ihr werdet alle helfen müssen.»

Bei dem Gedanken an einen Massenauflauf in meiner Küche, an heruntergeworfene Gläser, umgestoßene Milchtöpfe, Berge von Geschirr, an Geschubse und Gedränge, konnte ich plötzlich nicht mehr an mich halten und mußte schallend lachen.

«Du hast einen Scherz gemacht ...»

«Nein, es ist mir wirklich ernst, Guy.»

Er schnaufte. «Das ist wie in französischen Familien, Charlotte, aber das macht man in Frankreich nur mit der Familie.»

«Dann verpflichte ich euch eben, euch wie zu Hause zu fühlen.»

«Du bist großartig, vielen Dank. Sollen wir etwas mitbringen? Das Dessert vielleicht?»

«Einverstanden.»

Sie würden Kinder mitbringen, das war gut für Anna, und wir hatten allen Grund, Guy dankbar zu sein. Ich freute mich, denn so hatte ich mir immer das südliche Landleben vorgestellt: gesellig und laut, mit vielen Erwachsenen und vielen Kindern, mit stundenlangem Essen an großen Tischen.

Ich bereitete als Vorspeisen Zucchini-Charlotte und gegrillte Ziegenkäse-Auberginen à l'italienne vor, dann würde es einen Salat mit gegrilltem Ziegenkäse geben und als Hauptgericht zwei Lammkeulen auf Tomaten und Kartoffeln, meine

Spezialität. Dann wieder Käse. Anschließend das mitgebrachte Dessert. Ich fand das Leben lebenswert.

ZUCCHINI-CHARLOTTE MIT ZIEGENKAESE

4 kleine Zucchini • 4 Ziegenkäse, demi-sec • 1 Knoblauchzehe • 2 Frühlingszwiebeln • einige Zweige Minze, Koriander, Kerbel • grobes, graues Meersalz • weißer Pfeffer • Olivenöl

Die Frühlingszwiebeln hacke ich sehr fein und mische sie mit den gehackten Kräutern unter den zerdrückten Käse. Ich gebe weißen Pfeffer aus der Mühle hinzu, salze mit einigen Körnern grauem Meersalz nach, wenn nötig. Dann stelle ich die Masse kalt. Die Zucchini schneide ich in Langlamellen und dünste sie in wenig Olivenöl glasig.

Vier kleine feuerfeste Förmchen lege ich mit den Zucchinilamellen aus, fülle sie mit Käsemasse und bedecke sie mit den restlichen Lamellen. Die Förmchen decke ich mit Folie ab und stelle sie mindestens 4 Stunden kalt.

Zum Servieren stürze ich die Förmchen auf ein Tomatenbett oder auf Paprikamus und garniere mit einigen schwarzen Oliven.

GEGRILLTE ZIEGENKAESE-AUBERGINEN

2 große, dicke Auberginen • 225 g Ziegenkäse, trocken • 2 mittelgroße Tomaten • 16 Blätter Basilikum • Salz und Pfeffer • 2 EL Olivenöl • 1 TL geröstete Pinienkerne • 2 TL frisches Basilikum, gehackt

Für die Vinaigrette: • 1 TL alter, milder Weinessig • 1 EL enthäutete, entkernte Tomaten, fein gehackt • 4 EL Olivenöl

Die Auberginen schneide ich in Langlamellen, die jeweils erste und letzte benutze ich nicht. Die Lamellen blanchiere ich sehr kurz und trockne sie auf Küchenpapier. Dann schneide ich den Ziegenkäse in 8 Scheiben, die Tomaten in 10 Scheiben. 2 Auberginenlamellen lege ich über Kreuz hin, in die Mitte kommt eine Tomatenscheibe, ich würze mit Salz und Pfeffer, darauf lege ich ein Blatt Basilikum und eine Tomatenscheibe und würze wieder. Die Lamellen schlage ich jetzt zu einem Paket zusammen und lasse sie 20 Minuten im Kühlschrank durchziehen. Danach benetze ich sie mit Olivenöl und grille sie auf jeder Seite 5 Minuten.
Sie werden heiß oder kalt mit Vinaigrette und den Pinienkernen und dem Basilikum serviert.
Dazu trinken wir einen kernigen St. Chinian aus dem Departement Hérault.

«Ich backe das Brot», sagte Martin.

«Wie, du backst das Brot? Selbst?»

«Ja.» Er schmunzelte «Claude hat mir das Rezept für *pain paillasse* gegeben, das ist gedrehtes Brot mit Olivenöl. Früher haben sie es immer hier gebacken, in St. Martin. Und er hat mir gesagt, wenn ich es machen wollte, würde er mir helfen.»

Der liebe Claude, noch ein Engel. Er lebte bei uns, zufrieden und still, unauffällig. Manchmal war ich nicht sicher, ob er überhaupt da war.

«Kannst du das Brot am Vortag machen?»

Er nickte so selbstverständlich, daß ich fragte:

«Hast du das denn schon einmal gemacht?»

«Aber ja. Als du mit Philipp in Montpellier zum Abendessen warst, in diesem teuren Restaurant, da mußten wir doch auch essen. Wir haben frisches Brot gebacken und dazu Ziegenkäse gegessen. Es war unglaublich.»

Ich staunte. Diese Seite kannte ich an Martin ja gar nicht. Backen? Entdeckte unser Sohn plötzlich die Häuslichkeit?

Selbstgebackenes Baguette

500 g Weizenmehl • 1 Beutel Trockenhefe • 1 Prise Zucker • lauwarmes Wasser • 1 TL Salz

Das Mehl gebe ich in eine Rührschüssel und drücke eine tiefe Mulde in die Mitte. In einem Glas verrühre ich den Zucker, die Hefe und einen Suppenlöffel des Mehls. Diese Flüssigkeit gieße ich in die Mulde und verrühre alles mit dem losen Mehl vom Grund. Abgedeckt lasse ich den Vorteig ca. 20 Minuten gehen, dann verrühre ich alles mit dem Handrührer zu einem glatten Teig, der sich leicht vom Schüsselrand löst. Den Teig lasse ich abgedeckt gehen, bis er sein Volumen verdoppelt hat. Ich forme 4–5 Baguettes, schneide die Oberseite mit einem scharfen Messer schräg ein, die anschließend mit kaltem Wasser bepinselt wird. Die Brote lasse ich noch einmal mindestens 30 Minuten lang gehen, dann gebe ich sie in den 200° heißen Ofen und gieße im Abstand von fünf Minuten zweimal eine Vierteltasse Wasser auf den Backofenboden, damit sich schnell eine Kruste bildet. Die Brote backe ich 20–30 Minuten.

PAIN PAILLASSE MIT OLIVENOEL

500 g Weizenmehl • 1 Beutel Trockenhefe • 1/2 TL Honig • 2 EL Öl • 1/4 l lauwarme Milch • Salz

Das Mehl gebe ich in eine Rührschüssel und drücke eine tiefe Mulde in die Mitte. In einem Glas mit lauwarmer Milch löse ich den Honig auf, dann rühre ich die Hefe hinein und verrühre sie gründlich. Ich gebe die Flüssigkeit in die Mehlmulde und vermische sie mit dem losen Mehl vom Grund. Diesen Vorteig decke ich mit einem Tuch ab und lasse ihn ca. 10 Minuten stehen, bis er beginnt, sich auszudehnen. Ich knete alles mit dem Handrührer und gebe so viel lauwarme Milch und später das Öl hinzu, daß ich einen gut knetbaren, glatten Teig erhalte, der sich als Kugel von den Rändern löst. Mit Mehl bestäubt, lasse ich diese Kugel ihr Volumen einmal verdoppeln (ca. 20 Minuten), dann knete ich alles noch einmal gründlich mit den Händen durch. Ich forme den Teig zu einem großen Brotlaib, den ich im Ganzen drehe, so wie man ein Handtuch auswringt, und dann lasse ich ihn noch einmal 20 Minuten in Ruhe gehen, bevor ich die Oberfläche mit Wasser oder Olivenöl benetze oder sie bemehlt lasse, und dann gebe ich das Brot in den auf 200° vorgeheizten Backofen. Zu Anfang gebe ich im Abstand von 5 Minuten dreimal eine Vierteltasse Wasser auf den Backofenboden, das macht eine feste Kruste. Die Backzeit beträgt je etwa eine Stunde. Wenn das Brot zu schnell bräunt, reduziere ich die Temperatur auf 180° und lasse es 10 Minuten länger backen.

Als Guy mit seiner ganzen großen Familie angereist kam, als sie aus nur zwei Autos ausstiegen, staunte ich doch, obwohl ich wußte, daß dreizehn Menschen kommen würden. Und was für Menschen, was für ein Stimmengewirr, was für ein herrlicher Lärm, wenn alle durcheinandersprachen. Vogelgezwitscher ist gar nichts dagegen. Alle sprachen Französisch, auch die Katalanen, und ich hatte den Eindruck, daß sie immer alle gleichzeitig sprachen, sobald einer anfing.

Und dann stellten sie vier Dessertkuchen auf dem Tisch, einer verlockender als der andere. Die herrlich dunkelbraune *Charlotte au chocolat*, nur für mich, wie mir Guy charmant versicherte, eine helle *tarte au nougat*, eine *tarte aux framboises* und eine *tarte tatin*, eine gestürzte karamelisierte Apfeltorte, die aufgewärmt werden mußte. Allein der Anblick dieser Kuchen war ein Genuß, von dem ich mich kaum losreißen konnte, und dann dieser köstliche Duft. Ich stand eine ganze Weile dort, schaute, atmete tief ein und freute mich einfach des Lebens, während Martin eine unglaubliche Menge Aperitifgläser mit Muscat füllte.

Erst viel später, nach einem langen, intensiven Gespräch über die Wonnen der einfachen Küche, gestand Guy mir, daß er ganz allein die vier Desserts gemacht hatte.

Ich gebe gern zu, daß Philipp und ich von dieser südlich-französisch-katalanischen Großfamilie ungemein profitierten. Wir genossen es ja bereits, daß wir uns in St. Martin niemals vereinsamt fühlen mußten, und nun war uns, als hätten wir noch dazu den ersten Preis gewonnen. Das Gewusel, die herzlich-familiäre Atmosphäre, die gefühlig-spontanen Gemüter, die sich anfaßten, sich küßten, Arme um Schultern legten, die miteinander lachten und traurig wurden, wenn es die erzählte Geschichte verlangte – für uns war es der Zauber des mediterranen Südens. Was für ein Geküsse bereits bei der

Ankunft, welch ungeheures Menscheln, ohne die mindeste Hemmung. Es war ein Spektakel, ein italienischer Film war gar nichts dagegen, und ich dachte irgendwann, daß man es eigentlich aufschreiben müßte.

Wir tafelten, besichtigten unser schönes St. Martin, das gerade im Begriff war, ein gut funktionierendes Dorfjuwel zu werden, wir redeten durcheinander, riefen, schrien und lachten und sprachen endlos über das Essen, seine Zubereitung, den Genuß. Und wir aßen und tranken Schulter an Schulter. Damit es nicht zu steif blieb, wechselten wir mehrere Male mit den Gängen die Plätze. Man stand auf, um sich den Teller wieder zu füllen, und man setzte sich, wo man an einem Tisch einen Platz fand. So konnte man essend mit vielen Menschen sprechen – eine schöne Sitte.

«Es ist ja unglaublich, was ihr in so kurzer Zeit alles auf die Beine gestellt habt!» rief Guy laut und fröhlich und voller Begeisterung. «Und jetzt habt ihr auch noch das Land für den Biowein dazugenommen.»

Er hob sein Glas und betrachtete die rubinrote Farbe gegen das Licht.

«Dabei ist dieser schon nicht schlecht», sagte er und nahm einen großen Schluck. «Wie mag bloß erst der biologische Wein werden?»

«Sagt dir das denn etwas?»

«Aber ja, das ist doch die Wiederentdeckung des alten Geschmacks.»

Zu Anfang unserer Freundschaft hatte er so getan, als würde ihm das gar nichts bedeuten.

«Doch nun habt ihr zwanzig Hektar, wenn ich richtig gerechnet habe. Wer erntet denn das alles?»

«Das wissen wir auch noch nicht», sagte Philipp. «Ich wünschte, mir würde dazu etwas einfallen.»

Ich bin sicher, er sagte es ohne Hintergedanken, ich kenne doch meinen Mann.

«Ah, Ihr wollt also keine Erntemaschine?»

«Nein, auf gar keinen Fall. Dafür sind wir zu altmodisch. Ich kann es nicht ertragen, die Trauben abgerissen zu sehen.»

Da stand Guy auf, sein Glas immer noch in der Hand, ging auf Philipp zu und reichte ihm die Hand. Er zog Philipp hoch, küßte ihn schmatzend erst auf die Stirn, dann auf beide Wangen.

«Wenn wir uns nicht schon duzen würden, würde ich dir jetzt sagen, daß du Guy zu mir sagen kannst, Philipp. Deine Aussage berührt mich tief.»

Ich muß gestehen, ich hielt das alles für ein Stück Theaterdonner des Midi, bombastisch, doch ohne wirkliche Bedeutung.

«Ich werde mal überlegen, ob mir zu eurer Ernte etwas einfällt», sagte Guy leiser. «Ich rufe euch in den nächsten Tagen an.»

Und gegen Mitternacht, wir standen zur Verabschiedung frierend bei den Autos, denn es wehte ein kalter Wind, und eine silberne Mondsichel stand von Sternen umgeben am klaren, dunklen Himmel, da sagte Guy:

«Das mit dem biologischen Wein finde ich großartig, wirklich.»

Und dann umarmte er uns, und sie fuhren hinaus in die dunkle Nacht.

Es ist ein schönes, gutes Gefühl, Freunde zu haben.

Man fühlt sich reich beschenkt.

*W*ildspargel

Selbst wenn die Garrigue vorwiegend immergrün ist, ist die Natur auch in Südfrankreich im Februar nicht gerade üppig. Um das Auge zu erfreuen, gibt es jedoch die rosa Mandelblüten und den sonnengelben Ginster, die einzigen Blüten weit und breit. Wenn allerdings der März endlich da ist, sind nicht nur die Tage länger und sonniger und tatsächlich wärmer, sondern es blühen auch die Aprikosen und die Pfirsiche und dazu die ersten Wildblumen, Farbtupfer überall.

Ich trat aus der Küchentür, als es gerade hell wurde, und stellte erstaunt fest, daß die beißende Winterkälte nicht mehr zu spüren war. Ich hielt inne und hörte die Vögel singen, als ginge es um ihr Leben. Da zeigte die Sonne ihren gebogenen, goldenen Rand, und ich stellte fest, daß die Maulbeerbäume große grüne Knospen hatten. Tief atmete ich das Versprechen ein, daß es warm werden würde. Jede einzelne meiner norddeutschen Poren sehnte sich nach Wärme. Ich hatte viel zu lange gefroren.

«Es ist Frühling!» rief Guy an diesem Morgen fröhlich ins Telefon. «Wenn ihr am Sonntag noch nichts vorhabt, kommen wir sehr früh, und dann suchen wir gemeinsam wilden Spargel und auch Wildsalat.»

Wilder Spargel, Wildsalat? Das klang gut, ich war sofort neugierig. Davon hatte ich noch nie gehört.

«Ich kenne da jemanden, von dem bringen wir Muscheln und Austern mit», sagte Guy. «Wenn ihr genügend *frais-frais* habt, gratinieren wir sie. Wir werden uns einmal im Jahr so richtig verwöhnen.»

«Hervorragende Idee, Guy. Martin und ich werden Brot backen.»

«Ah, euer selbstgebackenes Brot, das ist köstlich. Von Zeit zu Zeit muß man sich etwas Gutes tun», lachte er, «sonst riskiert man, daß man das Leben nicht ertragen kann.»

Guy ist das beste Beispiel dafür, daß Essen und Trinken, richtig angewandt, außerordentlich fröhlich machen können. Und genau das war er auch, als er am Sonntag ankam, seinen Wagen scharf bremste, daß er Spuren im gelben Sand hinterließ, die Wagentür aufriß und federnd heraussprang. Nein, schlank war er nicht, aber unglaublich behende. Ich staunte immer wieder.

«*Salut, bonjour,* willkommen im neuen Tag!»

Er nahm erst mich, dann Philipp in den Arm, und er küßte uns laut schmatzend links, rechts, links. Er schaute uns von oben bis unten an und sagte:

«Gut schaut ihr aus, aber ein wenig dünn, nicht? Ihr müßt besser essen.»

Und dann lachte er über diesen Witz, daß der ganze Mann erschüttert wurde.

Er hielt uns noch immer im Arm, als er hinzufügte:

«Ich habe mit meiner Familie gesprochen. Wir könnten uns im September für zehn Tage zu einem Familientreffen hier bei euch treffen, und dann helfen wir euch bei der Weinernte.» Breit lächelnd fügte er hinzu: «Ihr seid die einzigen, die für so viele Menschen genügend Platz haben, und außerdem ißt man nirgendwo so wie bei euch.»

«Du meinst ... ihr kommt zur Weinernte? Deine ganze, große Familie?»

«Ja», sagte Guy bescheiden, «das ist hier in Frankreich so üblich, wenn man zur Familie gehört oder wenn man sich mag.»

«Aber wie ...», sagte Philipp nachdenklich, «versteh mich bitte richtig ... wie kann ich euch ...»

«Bezahlen?» Guy lachte. «Und wie bezahlen wir unser Familientreffen? Nein, laßt uns nicht über Geld reden, meine lieben Freunde.»

Im Kofferraum hatte er einen Sack Muscheln und zwei Holzkisten Austern, dazu Eis und Champagner. Wir standen noch draußen beim Auto, als wir bereits die ersten Austern aßen, die Guy im Stehen öffnete. Der Champagner wärmte uns schnell an, und es vergingen nur Minuten, da fühlten wir uns, als hätten wir immer schon so gelebt.

Später bestreute Guy einige geöffnete Austern und Muscheln mit gehackter Petersilie und Knoblauch, gab mit Olivenöl vermischten *frais-frais* hinzu, jenen himmlischen Ziegenquark, der auf der Zunge zergeht, und schob alles zum Gratinieren in den Ofen. Es duftete köstlich, und ich muß gestehen, daß es das erste Mal war, daß ich Austern gern aß. Und dazu tranken wir unseren eigenen Roten, was Philipp und mir zu Schalentieren erst frivol vorkam, was Guy jedoch völlig normal fand und was uns plötzlich recht passend erschien. Der Himmel war von einem sehr zarten Pastellblau, die Sonne war groß und hell und trotz des frischen Windes wärmend – wir fühlten uns in diesem Moment wahrhaftig vom Süden verwöhnt.

«Und jetzt geht es hinaus zum wilden Spargel und zum Wildsalat!»

Kaum hatten wir den Garriguerand erreicht, bückte sich Guy und schnitt von einer wildwachsenden Spargelart einen etwa zwanzig Zentimeter langen neuen, hellgrünen Trieb ab.

«Das ist er, schaut ihn euch an.» Er hielt ihn hoch wie ein Weltwunder. «Und wenn er dann in Walnußöl und Weißweinessig gebadet ist, werdet ihr mir recht geben, daß die Natur uns ein Wunder bereitet hat.»

Wir sammelten zwei dicke Bunde Spargel, dazu einen ganzen Spankorb voller Kresse, Löwenzahn und anderer Kräuter, deren französische Namen mir nichts sagten und die ich nicht kannte, und dann schlenderten wir fröhlich plaudernd nach St. Martin zurück und machten es uns in der warmen Küche gemütlich. Das von Martin und mir gebackene Brot duftete köstlich nach Mehl und Hefe, die Schalentiere nach Meer, nach Salz und Jod. Zuerst blanchierte ich den gerade bleistiftdünnen Wildspargel, um ihn mit einer leichten Vinaigrette aus Weißweinessig und Walnußöl zu überziehen. Wir aßen ihn lauwarm, er war unvergleichlich aromatisch, nussig, ganz und gar spargelintensiv. Dann hatte ich eine große Schüssel frischer, selbstgemachter Nudeln vorbereitet, die ich kurz in Salzwasser mit grobem, grauem Salinensalz garte und nach dem Abgießen in einigen Löffeln Olivenöl wendete, mit gehackter Petersilie und Rosmarin bestreute und über die ich zwei goldbraune Ziegenkäse, die man hier *sec* nennt, rieb. Dazu aßen wir unseren Wildsalat mit einer Vinaigrette aus altem Weinessig und Olivenöl.

«... und ihr müßt euch diesen Essig vorstellen, der aus Sherry gemacht wird, der in Andalusien neben den Salzwiesen im Mündungsdelta des Guadalquivir reift. Man schmeckt den Atlantik, sein Salz, sein Jod», schwärmte Guy.

«... ach, da fallen mir doch diese Keller in Modena ein, in denen der köstlichste Balsamessig Jahr umd Jahr dem Genießer entgegenreift», fiel ihm Philipp ins Wort.

Und auch ich begann plötzlich zu träumen, von den Riesenfässern in Maury, im französischen Katalonien, in denen der natursüße Muskatwein im Freien jahrelang gelagert wird, bis er zu einem stark duftenden likörartigen Weingetränk wird, der perfekten Ergänzung zu meinem Schokoladendessert.

«... und die bitteren italienischen Kakaonudeln ...»

«... der Speck aus Südtirol ...»

Wir sprachen alle durcheinander, natürlich nur über das Essen. Es war ein bukolisches Fest, ein Gelage, der Genuß schlechthin.

Ein Sommertraum, vorerst jedoch nur der Traum vom Sommer.

UEBERBACKENE AUSTERN UND MUSCHELN

frische Austern und / oder Miesmuscheln • gehackte Petersilie • Knoblauch, gehackt • frisch gemahlener Pfeffer • frischer Ziegenkäse (Ziegenquark) • Olivenöl (1 EL pro Käse)

Die rohen Muscheln und Austern bestreue ich mit Petersilie und Knoblauch und pfeffere sie, dann verrühre ich das Olivenöl mit dem Ziegenkäse und gebe jeweils einen halben Teelöffel voll auf jede Auster und Muschel. Ich gratiniere sie vorsichtig im Backofen 10 Minuten lang bei 180° und serviere so heiß wie möglich.
Dazu trinken wir einen fruchtigen Rosé vom Pic Saint Loup oder aber einen Costière de Nîmes rosé von den großen Domänen am Rand der kleinen Camargue.

PASTORENPUSCHEN
(6 Personen)

500 g Blätterteig • 200 g Ziegenkäse, demi-sec • 40 g Butter • 2 Schalotten • 4 Blätter Mangold (nur das Grüne, grob gehackt) • 2 Eier, geschlagen • 1 Eigelb • 2 EL Crème fraîche • 4 Halme Schnittlauch • 1 Knoblauchzehe • Salz und frisch gemahlener Pfeffer

Die Schalotten hacke ich und dünste sie in der Butter glasig. Dann gebe ich den grob gehackten Mangold dazu, dünste ihn mit an, danach gebe ich den mit Knoblauch und Crème fraîche gemischten Käse hinein und lasse die Masse vorsichtig einkochen. Vom Feuer genommen, gebe ich die beiden geschlagenen Eier hinein, würze mit Salz und Pfeffer und dem fein gehackten Schnittlauch. Während die Masse abkühlt, teile ich den Blätterteig in 6 Scheiben von 12–15 cm Durchmesser. Auf jede Scheibe gebe ich die abgekühlte Käse-Mangold-Masse, falte sie zusammen, drücke die Kanten fest an und bepinsele die Oberfläche mit Eigelb.
Die Pastorenpuschen werden 20 Minuten bei 220° gebacken und heiß serviert. Dazu trinken wir einen leichten Weißwein aus Cassis.

Kreatives als Idee

«Ach, mal doch ein bißchen mit mir ...»

Wer weiß, wie viele Male ich diesen Satz von Anna hörte. Sie langweilte sich nicht, denn in St. Martin gab es für ein

Kind immer etwas zu sehen, zu tun, zu spielen, selbst wenn es allein war. Nein, sie mochte gern kreativ sein, wollte malen, töpfern, mit Holz Dinge bauen, Steine färben.

«Ach, mal doch ein bißchen mit mir ...»

Diesen kleinen Wunsch wollte ich ihr immer gern erfüllen, und wenn ich keine Zeit für sie hatte, bekam ich ein schlechtes Gewissen. Doch was immer ich tat, ich hatte das Gefühl, daß meine Phantasie eingerostet war, daß meine Hände ganz andere Dinge machten, als mein Gefühl es wollte. Bei Sabine war das ganz anders. Sicher, sie war Kunsttherapeutin, doch wenn ich sah, wie sie fast spielerisch Dinge zu Papier brachte, Gegenstände veränderte, ja, verzauberte, staunte ich immer wieder. Sie hatte nicht nur das, was Anna brauchte, was sie machte, weckte auch in mir den Wunsch, meine eigene Stumpfheit zu überwinden und Dinge wieder neu zu schaffen. Ich hatte eben viel zu lange Bücher verkauft.

«Warum machen wir das eigentlich nicht für alle Leute?» fragte Sabine, legte beim Mittagessen ihre Gabel hin und schaute erst mich an, dann die anderen am Tisch.

«Malen?»

«Ja, und kreativ sein, Dinge machen, neu schaffen.»

Ein sehr leiser, sehr sanfter Wind rauschte in den Blättern der Maulbeerbäume, der Himmel war blau bis fliederfarben. Alle schauten Sabine an.

«Und wie soll das gehen – für alle Leute?»

«Alle Menschen mögen kreativ sein, denn es befreit. Doch die meisten haben es verlernt, als sie in der Schule erfuhren, daß eine Sonne gelb sein muß.»

Plötzlich erkannte ich, daß Sabine lichterloh brannte. Es war das Feuer einer Idee, das sie zum Leuchten brachte.

«Warum bieten wir den Gästen nicht Malkurse an und vielleicht noch Töpfern, Skulpturenmachen, und vielleicht fällt uns ja noch etwas ein?»

Sabine war jetzt fünf Wochen bei uns, sie hatte sich gut eingelebt. Es gefiel ihr in St. Martin. Sie half beim Saubermachen, beim Kochen, bei der Wäsche, sie war wie ich unermüdlich. Doch ich hatte mich bereits gefragt, ob es ihr wohl reichen würde, immer nur meine Helferin zu sein.

«Ich glaube, das ist großartig», sagte Gerhard nachdenklich. «St. Martin bietet sich ja geradezu an für Kreatives.»

«Danke.»

«Nein, ich meine es ernst. Du bist doch Kunsttherapeutin, aber auch eine Künstlerin, wie ich gesehen habe.»

«Noch mal danke.»

«Ach was, ich meine es wirklich ernst. Wenn ich sehe, wie du ein Stück Holz aufhebst, es in den Fingern hin und her drehst, um dann daraus mit ein wenig Goldbronze ein Schmuckstück zu machen, dann muß ich dir sagen, so etwas habe ich noch nie gesehen.

«Mensch, das ist ja eine ungeheure Idee», beteiligte sich plötzlich auch Martin. «Und wenn ich ehrlich sein soll, habe ich mich bereits gefragt, was die Menschen hier die ganze Zeit machen sollen.»

«Na, hör mal», sagte Philipp, «du solltest aber vielleicht doch davon ausgehen, daß nur Leute hierher ins Hinterland kommen, die mit ihrer Zeit auch etwas anzufangen wissen. Die gehen ganz bewußt nicht ins Strandhotel mit Animation. Man macht Ausflüge, fährt zum Baden, besucht Museen, Sehenswürdigkeiten, Montpellier, Nîmes, Arles, die Camargue … Muß ich noch mehr aufzählen?»

«Entschuldige, so meinte ich es nicht. Was ich sagen wollte, ist, daß man den Urlaub in St. Martin mit einem derartigen Angebot noch viel attraktiver machen könnte.»

«Je ne comprends rien», sagte Claude versonnen und lächelte. Anna saß auf seinem Schoß, hatte den Kopf angelehnt und schaute in den Himmel, als wäre er voller Engel.

Es störte ihn nicht, daß wir immer wieder Deutsch sprachen. Er hatte so lange allein gelebt, er war mit sich im reinen. Ich fand, er war noch ruhiger geworden als vorher. Häufig hatte ich das Gefühl, als würde er intuitiv viel mehr begreifen als wir mit unserer Sprache und unserem Intellekt.

«Ich finde die Idee hervorragend», sagte ich. «Wir sollten uns ernsthaft zusammensetzen und mal auf den Tisch legen, was jeder so zu bieten hat. Dabei könnte vermutlich ziemlich viel ans Licht kommen.»

Genau das taten wir noch am selben Tag, und jeder außer Philipp hatte etwas anzubieten.

«Also, ich muß sagen, ich bin mit meinen Ziegen irgendwie ausgelastet. Wenn ihr einverstanden seid, klinke ich mich aus, ja?»

Die anderen bat ich, sich einmal in Ruhe Gedanken zu machen, die Ideen zu Papier zu bringen, um dann ein gemeinsames Konzept zu entwickeln.

An diesem Tag kam auch Guy, um Käse zu kaufen und ein wenig zu plauschen. Er war sofort interessiert und ließ sich genau erklären, worum es ging.

«Warum gibst du eigentlich keine Kochkurse, Charlotte?» fragte er und lächelte mich aufmunternd an.

Ich versuchte abzuwehren, doch er ließ nicht locker:

«Das Kochen macht dir doch Spaß, das merkt man ganz genau. Und wenn ich dann sehe, wie du dich in die Küche der Garrigue einarbeitest, was du mit dem Ziegenkäse machst, wie dich das alles interessiert, dann finde ich schon, daß du anderen Menschen von deinem Wissen abgeben solltest. Du kannst sie nur bereichern.»

«Soll ich etwa ein Kochseminar ‹Ziegenkäse› machen?»

Ich muß gestehen, ich war nicht recht überzeugt.

«Nein, obwohl das sicher interessant wäre. Du machst einen Kurs ‹Die Küche der Garrigue›, mit ihren Kräutern und den typischen Produkten. Da paßt der Ziegenkäse nahtlos hinein.»

Ich schwankte.

«Überleg doch mal», sagte er eindringlich, «kochen mußt du sowieso jeden Tag, dann mach doch einfach das Beste draus. Und du kannst mir glauben, das ist interessant für die Menschen. Das heutige Leben ist hektisch, niemand hat mehr richtig Zeit, viele Leute ernähren sich schlecht. Zeige ihnen doch, wie man sich ohne großen Aufwand gut ernährt.»

Ja, warum sollte ich nicht aus der Not eine Tugend machen? Alle Menschen mußten Geld verdienen, und ich hatte bereits viele Rezepte gesammelt.

«Also, ich weiß nicht, ob ich mir das wirklich zutraue.»

«Charlotte, ich biete dir an, die ersten zwei Kurse mit dir zusammen zu machen, ja?» Er schaute mich bittend an. In seinen Augen konnte ich erkennen, daß es ihm wirklich Spaß machen würde. Guy liebte nicht nur das Essen und Trinken, er war auch ein Kochfanatiker, ein Künstler und Virtuose.

«Das wird ein Kochseminar auf der Basis eurer eigenen Produkte. Ihr habt den Ziegenkäse, du hast deinen Gemüsegarten, und manches mußt du dazukaufen. Ich kann dir einige interessante Adressen geben.»

Warum nicht, wenn Guy schon anbot, mitzumachen? Er war unendlich fröhlich, er war geduldig und stets gut drauf, er war auf eine witzige Weise extrovertiert und genußorientiert. Ich war plötzlich sicher, es würde nicht nur zusätzliche Arbeit machen, sondern vermutlich sogar Spaß.

«Wir werden gemeinsam ein Konzept entwickeln, dann kochen wir alles einmal durch, und schon kann es losgehen.» Er strahlte mich an, daß seine Goldzähne blitzten.

«Ich könnte dir sogar noch den einen oder anderen Teilnehmer bringen, der sich für das Kochen interessiert.»

«Also, da hätte ich ein bißchen Angst, denn die Leute, die du kennst, die können sicher phantastisch kochen.»

«Aber nicht das. Das wird die Neuentdeckung der ländlichen Küche.»

«Und du meinst wirklich, daß ich anderen noch etwas beibringen kann?» versuchte ich mich ein letztes Mal zu vergewissern.

«Gut genug?» Er lachte laut. «Wir haben alle nur auf dich gewartet, daß du uns endlich zeigst, was das Land zu bieten hat!»

Auch wenn ich fand, daß er südländisch übertrieb, tat mir sein Lob doch gut.

«Danke, du bist freundlich zu mir.»

«Nein, ich lerne von dir.»

«Und ich von dir.»

«Dann steht unserer Zusammenarbeit ja nichts mehr im Wege.»

Philipp schaute staunend und fragend von mir zu Guy, runzelte die Stirn, und ich sagte zu.

«Hast du eigentlich genügend Platz in der Küche für mehrere Teilnehmer?» Dieser Einwand kam mir ganz recht, denn ich überlegte bereits eine Weile, ob ich meine neue Küche nicht verlegen konnte. Mit Anna und Sabine waren wir jetzt sieben Personen in St. Martin, im Eßzimmer wurde es langsam eng. Ich hatte bereits überlegt, ob ich die Küche nicht einfach ins Nebenhaus verlegen sollte, um mehr Platz zu bekommen. Hier im Midi waren früher alle Küchen wegen der Brandgefahr in einem anderen Gebäude untergebracht.

«Gut, wir werden eine neue Seminarküche bauen.»

Ich schaute zu Gerhard. Es war gut, einen geschickten, verläßlichen Handwerker wie ihn bei sich zu haben. Er war ruhig und ausgeglichen, und er nahm alle Arbeiten ohne Umschweife sofort in Angriff.

Bei der folgenden Generalversammlung hagelte es Ideen von allen Seiten, denn jeder fühlte sich angesprochen, etwas zum Weitergeben anzubieten.

Sabine würde einen Malkurs anbieten und dazu einen Kurs «Gestalten mit der Natur», das war das Bauen von Schmuck und Skulpturen aus Holz und Steinen, aus Strandgut und dem, was man in der Garrigue findet. Sie plante Morgenausflüge mit der Gruppe ans Meer, mittags dort ein Picknick unterm Sonnenschirm, und am Nachmittag sollte das morgens Gesammelte bearbeitet werden. Da würde selbst Anna nicht zu kurz kommen.

Gerhard wollte einen Kurs «Pantomime und innere Ruhe» anbieten, in dem mit Beruhigungstechniken wie autogenem Training auf die sprachlose Kunst hingearbeitet werden sollte.

Zu meinem Erstaunen meldete sich auch Martin zu Wort:

«Ich möchte naturkundliche Wanderungen in der Umgebung anbieten. Das sollen Wanderungen zu besonderen Plätzen in der Natur sein, zu einer Ruine, einen Wasserfall, einen Felsenchaos, bei denen man auf dem Weg den typischen Bewuchs und die typischen Tiere dieser Landschaft kennenlernt, Eidechsen, Libellen, Zikaden, Grillen und Skorpione.»

«Kennst du dich denn damit überhaupt aus?»

«Ich wandere seit einigen Monaten in der Umgebung herum, und ich habe mir mit Hilfe der Literatur aus der Bibliothek in Montpellier bereits eine erste Übersicht zusammengestellt. Es gibt in der Gegend einiges zu besichtigen, aber das wirklich Besondere sind Flora und Fauna der Garrigue, das könnt ihr mir glauben.»

«Das habt ihr gemeinsam gemacht, oder?» Ich schaute Gerhard an. «Deshalb wart ihr in jeder freien Minute unterwegs?»

Er nickte. «Ich habe ihn begleitet, und ich muß sagen, es war ungeheuer interessant. Ich habe noch selten so viele interessante Dinge gesehen und gehört wie jetzt zusammen mit Martin. Da gibt es all diese tollen Insekten, die Vögel, Dachse, Wildschweine und Eidechsen, die Pflanzen.»

Martin lachte verlegen, wie ertappt.

«Ich wollte kein Abitur machen. Aber ich dachte mir, ich brauche doch einen Beruf, irgend etwas, was mich ernährt. Ich kann doch nicht hier der Ziegenhirte werden, nur weil mir nichts Besseres einfällt.»

«Na, hör mal!» protestierte Philipp laut.

Ich mußte so sehr lachen, daß ich keine Luft mehr bekam.

«Ich fand das eigentlich gar nicht so lustig», sagte Martin verlegen.

«Aber es ist nicht das», prustete ich, «ich dachte nur die ganze Zeit, ihr seid immer nur auf der Jagd nach Mädels ...»

Als ich wieder Luft bekam, merkte ich, wie gerührt ich von Martins Aufgabe war. Philipp ging es ebenso. Unser Sohn hatte heimlich an seinem Lebensweg gearbeitet, unter unseren Augen, ohne daß wir etwas merkten. Und wir hatten schon geglaubt, er würde der Midi-Schlurfi vom Ziegenhof.

Als ich dann jedoch ein Seitenblick sah, den Martin Sabine zuzuwerfen versuchte, wußte ich, daß da noch viele Dinge liefen, von denen ich keine Ahnung hatte. Sabine jedoch reagierte nicht, sie hatte nichts bemerkt. Sie schaute dafür hin und wieder verstohlen zu Gerhard, doch der schien nichts mitzubekommen. Oder ignorierte er etwas? Philipp bekam gar nichts mit, er war eingenickt.

Martin und Aurore und Mareike und Sabine und Gerhard – was braute sich da zusammen? Als ich auf Anna schaute, spürte ich, daß ich anfing, genervt zu reagieren, denn niemand schien sich Gedanken um dieses Kind zu machen. Plötzlich bekam ich Angst, daß sich die Dinge unlösbar ineinander verdrehen würden. Doch erst einmal bemühte ich mich, diese Gefühle zu verdrängen.

In den nächsten Tagen brachten wir ein festes Programm zu Papier, und dann setzte ich mich ans Fax und gab die Anzeigen auf, die ohnehin fällig waren, und ich schickte meiner Freundin Karin ein Programm nach Hamburg. Mit ihr hatte ich viele Jahre gemeinsam den Buchladen geführt. Ich wußte, sie würde unsere Werbung in ihrem neuen Lesebistro aufhängen. Sie verkaufte bereits mit gutem Erfolg unseren Wein, und jetzt konnte man dort, wo der Wein herkam, sogar Urlaub machen und malen, kochen, pantomimen, wandern …

Mein früheres Leben war weit weg, aber doch immer noch präsent, auch wenn ich jetzt hier in St. Martin lebte, wo ich mich im Sonnenschein wärmte und mich an unserer mediterranen Heimat nicht satt sehen konnte. Hinzu kamen die Düfte, von denen ich mich derart verzaubert fühlte, daß sie mich beim Kochen immer wieder zu besonderem Bemühen anspornten. In Frankreich nennt man das, was man riecht und schmeckt, ein *parfum*, und ich finde das einen wunderbaren Ausdruck.

Es war April, die Mauersegler waren gerade aus Afrika zurückgekommen. Vor Lebensfreude laut pfeifend, übten sie direkt über uns ihre rasenden Formationsflüge, hinauf zur Colline du Soir, über den Gemüsegarten zurück, dann über die Häuser von St. Martin bis hin zu den drei Pinien, die sie in Rekordzeit zu umrunden versuchten. Jedesmal flogen einige Vögel aus dem Pulk durch das leere Fenster unserer romanischen

Kirchenruine, als wäre das eine besondere Übung für die Meistersegler. Philipp hatte sich in die Ziegen verliebt, ich mich in die Düfte, den Himmel und seine Bewohner, die Mauersegler.

Es war warm, das Leben war gut zu uns.

ZIEGENKAESE-TERRINE MIT PAPRIKA

350 g Quark, 20 % • 150 g Ziegenkäse, frais bis demi-sec • 2 große rote Paprika • 2 große gelbe Paprika • 5 mittlere Zucchini • 1/4 l Olivenöl • 100 g gute schwarze Oliven, gehackt • 5 Zweige Basilikum • 2 reife Fleischtomaten, enthäutet und fein gehackt • Salz, frisch gemahlener Pfeffer

Die Paprika häute ich, halbiere sie der Länge nach und lege sie eine Stunde in lauwarmem Olivenöl ein. Die Zucchini schneide ich in Langlamellen, dann blanchiere ich sie und trockne sie auf Küchenpapier. Sie werden gesalzen und gepfeffert und mit Olivenöl bepinselt.

Den Ziegenquark und die gehackten Oliven gebe ich in eine Schüssel, mische sie mit 6 EL Olivenöl gut durch, würze sie mit Salz und Pfeffer.

Die Terrinenform lege ich mit Klarsichtfolie aus und belege den Boden und die Seiten mit den Zucchinilamellen. Nun schichte ich: Käse / rote Paprika / Käse / Zucchini / Käse / gelbe Paprika / Käse. Zum Schluß decke ich alles mit den restlichen Lamellen ab.

Die Terrine beschwere ich mit einem Stein (1 kg) und lasse sie 4–5 Stunden im Kühlschrank durchziehen.

Vor dem Servieren rühre ich aus den gehackten Tomaten, dem Basilikum und dem restlichen Olivenöl ein Tomatenbett, auf dem ich die einzelnen Terrinenscheiben anrichte.

Dazu trinken wir einen Costière de Nîmes rosé.

Unsere ersten Gäste

Anfang Mai war der Sommer da.

Ich stand morgens auf, und alles war anders. Strahlende Sonne, blauer Himmel, Vogelgesang, alles schien wie immer – und doch war es anders. Das Licht war goldener, und plötzlich waren die Düfte noch intensiver. Ich stand da, und mir war, als würde sich mir die Seele noch weiter öffnen. Es war ein Moment reinen Glücks. Die Tauben gurrten, die Mauersegler schossen kreischend über den Himmel, ein schwarzes Großinsekt brummte schwerfällig vorüber.

Bewegungslos stand ich vor der Küchentür, lauschte, spürte – und zuckte zusammen, als Philipp von hinten an mich herantrat und den Arm um mich legte.

«Schau nur, Charlotte, der Winter ist vorbei. Ist es nicht herrlich?»

Ich fand diese einfache Aussage wunderbar sensibel für einen Mann, der früher Juraprofessor war, um dann Ziegenhirte und Winzer zu werden. Er hatte intuitiv erfaßt, was ich in dem Moment empfand. Kann einem ein Mann näher sein?

Wir waren alle nervös, denn die ersten Gäste würden in einer Woche eintreffen. Ein falsches Wort genügte, Explosionen auszulösen. Ich war froh, daß unsere Gäste im Sommer kamen und uns das Wetter keinen Streich spielte – so dachte ich in dem Moment. Als ich dann am Flughafen stand und meine Freundin Karin in die Arme schloß, regnete es leider in Strömen, in reißenden Gebirgsbächen. Nein, der Regen hier ist anders, häufig warm, denn er kommt fast immer vom Mittelmeer, aus Tunis oder Algier, oder in einem Riesenwolkenwirbel vom Atlantik über die Iberische Halbinsel, jedoch immer mehr als reichlich, manchmal apokalyptisch. Das passierte uns im letzten Jahr, als St. Martin mitten in einem reißenden Fluß stand. Man hat das Gefühl, der Himmel wird einfach ausgekippt. Wenn hier der Regenschirm nicht reicht, hilft nur Abwarten. Südfranzosen lachen und laufen ausgelassen durch infernalische Schauer.

«Meine Güte, Charlotte, siehst du gut aus!»

Karin war außer sich vor Wiedersehensfreude. Sie hatte bis zum letzten Moment im Buchladen geschuftet, war blaß und abgearbeitet und urlaubsreif. Ich drückte sie noch einmal ganz fest an mich und beschloß, ihr den Urlaub so angenehm wie möglich zu machen. Sie hatte es sich wirklich verdient, denn ihr Entschluß, unseren Wein zu kaufen, hatte viel dazu beigetragen, daß wir an unsere südfranzösische Zukunft glaubten. Sie war unsere erste Kundin, und als ich sie jetzt umarmte, war sie nicht mehr meine Teilhaberin, mit der ich jahrelang gestritten habe, sondern wieder meine gute Freundin. Sie war ein Stück meiner deutschen Vergangenheit, eine nostalgische Delikatesse der Erinnerung.

«Komm, wir fahren etwas essen, und dann schauen wir uns ein wenig um, ja?» schlug ich vor. «Ich habe mir für heute freigenommen.»

In genau dem Moment rissen die Wolken auf, ein tief mistralblauer Himmel verwöhnte uns mit wohlig-warmem Sonnenschein, die Häuser leuchteten golden, die Blätter der Bäume grün, die Menschen waren fröhlich.

Als wir nebeneinander durch Montpellier schlenderten, wurde mir mit einem Mal klar, wie sehr mich der Midi bereits verändert hatte. Verglichen mit früher war ich hier entspannt, fühlte mich gelöst und frei. Plötzlich schämte ich mich dafür, daß mir manchmal alles zuviel wurde und ich mich über mein Los beklagte. Mir ging es gut, der Midi hatte mich geglättet und milder gemacht, das helle Licht verwöhnte mich.

«Oh, wie seid ihr privilegiert», entfuhr es Karin ein ums andere Mal, und sie schaute nach oben, nach allen Seiten, um die einzigartige Architektur des Südens zu bewundern, ein Barock, das an erhabener Schlichtheit kaum zu übertreffen ist. Und als wir auf der Terrasse eines kleinen Restaurants bei göttlichem Essen saßen, schien die Stadt im Sonnenschein vor Leben zu brausen.

Karin war unser allererster Feriengast, und ich denke, sie wird immer einer unserer angenehmsten bleiben. In der ersten Woche war sie froh, wenn sie ausschlafen und lesen konnte. Sie genoß die Ruhe des Landes, die einladende Atmosphäre von St. Martin.

«Heute nacht wachte ich kurz auf, weil ein Vogel so wundervoll sang, daß mir ganz anders wurde. Fast hätte ich geweint, so schön war das.»

«Das war die Nachtigall», sagte Martin schlicht, «sie soll schon Menschen verzaubert haben.»

Karin war unendlich dankbar für gutes Essen, ein Glas Wein und ein herzliches Gespräch.

«Wißt ihr, ich lebe ja sonst allein. Da finde ich es wundervoll, hier mit so vielen netten Menschen am Tisch zu sitzen. Ich fühle, wie ich beginne aufzublühen. Es ist wirklich lange her, daß es mir das letzte Mal so gut gegangen ist.»

War es bei derartigen Aussagen ein Wunder, daß wir sie alle in unser Herz schlossen?

«Warum ziehen Sie nicht auch hierher, Madame?» fragte Claude unerwartet galant. «Wenn ich richtig informiert bin, werden so viele Menschen hierherkommen, daß Sie in St. Martin ohne weiteres einen Buchladen eröffnen können.»

Und Annas Frage: «Bist du Charlottes Tante?» brachte sie zum Lachen.

In der Tat war zwischen mir und ihr, aber auch zwischen ihr und den anderen, eine Nähe entstanden, die sie wie ein Familienmitglied erscheinen ließ, nicht wie einen Feriengast.

Ich sagte es ihr nicht, aber ich empfand eine ungeheure Dankbarkeit, daß sie mir meinen Ladenanteil so spontan abgenommen hatte. Ohne sie wären wir alle vermutlich gar nicht in St. Martin.

«Wenn du Lust hast, kannst du in der nächsten Woche in Sabines Kurs ‹Papier und Malen› mitmachen, Karin», riet ich ihr beim Kaffee nach dem Mittagessen, als wir draußen unsere Gesichter in die Sonne hielten und die besondere Atmosphäre des Südens alle beide tief inhalierten.

Karin merkte auf: «Ein Kurs ‹Papier und Malen›? Das klingt interessant. Und das macht Sabine?»

Ich erklärte ihr, wie Sabine zu uns gekommen war, was sie beruflich gemacht hatte und daß in der nächsten Woche die nächsten Gäste erwartet wurden, die bereits am Telefon für den Kurs Interesse gezeigt hatten.

«Das mache ich, unbedingt!» rief sie begeistert.

Und schon hatte Sabine ihre erste Anmeldung – und ihre erste Kursgebühr. Ich bemühte mich, sie nicht direkt anzuschauen, doch ich sah aus den Augenwinkeln, wie stolz sie war.

«Papier und Malen? Das klingt interessant. Was machen wir denn da?» fragte Karin, zu Sabine gewandt.

Und Sabine erzählte, berichtete von der Papierherstellung, vom Malmaterial, Pinsel, Lappen, Schwamm, Spachtel, von den Farben. Ihre Stimme wurde zunehmend lebhafter, begeisterter. Sie redete sich in Fahrt, war ganz in ihrem Element. Nein, dachte ich, sie wird nicht immer nur saubermachen und kochen dürfen, nicht sie, nicht mit diesen Fähigkeiten, dieser Begeisterung …

«Und am dritten Tag, wenn das Papier trocken ist, machen wir zuerst mit Gerhard Atem- und Entspannungstechniken, und dann lesen wir japanische Gedichte, um danach mit Gouache auf dem selbstgemachten Papier Motive oder Zustände darzustellen, die uns vorher in den Gedichten begegnet sind.»

«Toll!» fand Karin, «ich wünschte, wir könnten schon gleich anfangen. Ich freu mich darauf …»

Das Herz schlug mir sehr weit oben im Hals. Ob alles gutgehen würde? Für die nächste Woche hatten sich zwar zwei Paare und eine Familie mit zwei Kindern angemeldet, die sich alle ausführlich nach den Seminaren und Kursen erkundigt hatten, doch richtig feste Buchungen gab es noch nicht.

«Ich muß noch mal zu den Ziegen», sagte Philipp und eilte davon.

«Ach, Sabine, mach du doch bitte einen Kaffee, ich gehe eben mit Philipp und bin gleich wieder da.»

Nein, wir sprachen nicht, dafür waren wir zu gerührt. Es wurde ernst in St. Martin. Die nächsten Gäste würden eintreffen, unser Leben füllte sich, wurde von Tag zu Tag reicher. Philipp und ich standen im Ziegenstall, er hatte mich in den Arm genommen, und ich spürte eine feuchte Nase nach der anderen in meinen Handflächen:

Orange, Reinette, Jujube, Nefle, Framboise, Philipp hat all seinen Tieren Früchtenamen gegeben.

Und dann ging es Schlag auf Schlag. Der erste vollbepackte Kombi kam in einer Staubwolke angefahren, und zwei Kinder sprangen in den Hof von St. Martin, ihre Eltern folgten, reckten sich nach der langen Fahrt.

«Herzlich Willkommen!»

«Meine Güte, das ist noch viel schöner, als wir angenommen hatten!»

Es ist unbescheiden, ich weiß, doch diese Komplimente tun mir heute noch gut.

Dann kamen zwei weitere Autos, und wir holten ein Ehepaar von der Bahn ab. Mit einem Mal schien unser Anwesen überzuquellen von Menschen. So also würde in Zukunft unser Leben Sommer für Sommer aussehen, und ich empfand tiefe Dankbarkeit dem Leben gegenüber, daß es mir die Begegnung mit so freundlichen und dankbaren Menschen geschenkt hatte.

«Und warum sprechen diese Kinder nun kein Französisch?» fragte Anna. Auf ihrem Gesicht las ich leichte Verwirrung. Drei weitere Kinder waren angemeldet, zusammen mit ihr an einem Extrakurs für Kinder teilzunehmen, in dem sie Bilder malen und Figuren gestalten würden nach Annas Lieblingsbilderbuch «Baby Dronte».

«Sie sind aus Deutschland gekommen, und dort sprechen sie alle Deutsch, so wie du und ich und Sabine.»

«Und sie bleiben auch hier, so wie ich?»

«Nein, Anna, sie fahren nach dem Urlaub wieder nach Hause.»

«Nach Deutschland also …?»

Ich nickte.

«Aber ich, ich bleibe doch hier, oder?»

Das also schien ihr Anliegen zu sein.

«Ja, Anna, du bleibst hier.»

«Das ist gut», sagte sie, und es klang sehr zufrieden.

Und am nächsten Nachmittag, die Kinder hatten den Morgen am Meer verbracht und Strandgut gesammelt, hörte ich Anna sagen:

«Jetzt dürft ihr noch mit mir Sandburgen bauen, und dann müßt ihr aber wieder nach Hause, nach Deutschland. Hier, wißt ihr, da sprechen eigentlich alle Französisch, und das könnt ihr sowieso nicht.»

Sie sprach allerdings auch kein Französisch, noch nicht. Mit Claude, von dem sie Französisch hätte lernen können, verband sie eine innige sprachlose Freundschaft. Sie nahm ihn abends bei der Hand, und sie gingen wortlos hinüber zu seinen Ziegen. Anna liebte Ziegen, sie liebte den immer ruhigen, stets ausgeglichenen Claude. Wenn ich sie Hand in Hand bei den Tieren stehen sah, berührte es mich tief. Es war ein Bild des Friedens.

Philipp und ich, wir mischten uns nicht ein in den Kurs von Sabine und Gerhard, aber ich muß gestehen, wir waren nicht wenig stolz, als wir abends am Tisch hörten:

«Also, ich muß schon sagen, so schön hatte ich mir das alles nicht vorgestellt, als ich Ihre Anzeige las.»

Gudrun war Anwältin in Düsseldorf, sie und ihr Mann Anders hatten sich eigentlich nur der Kinder wegen zu zwei Wochen Urlaub auf dem «Ziegenhof» entschlossen.

«Ja, und das alles auf diesem Bauernhof, der wie aus einem schönen Traum ist. Meine Güte, wie müssen Sie sich fühlen», sagte Anders, während ihre beiden Jungen im Hof mit Olli Stockwerfen übten.

Ja, und wir fühlten uns wirklich gut. Wir hatten uns natürlich gefragt, wie es wohl werden würde, mit mehreren fremden Menschen täglich zusammenzusein, an einem Tisch zu sitzen, vielleicht für Monate nicht mehr allein zu sein. Wir wurden mehr als angenehm überrascht. Unsere Gäste erwiesen sich als Bereicherung eines Lebens, das wir ohnehin als Geschenk empfanden.

Und wirklich, unsere Kreativangebote wurden ausnahmslos

positiv angenommen. Da war Siegfried, der gestreßte Anwalt aus Hamburg, der sich in Gerhards Entspannungskurs in einen milden, ruhigen Menschen verwandelte, da war Dietrich, der hektische Fotojournalist, der das erste Mal seit seiner Schulzeit wieder einen Malpinsel in die Hand nahm und so viel Spaß dabei hatte, daß er am Tag nach dem Kurs nach Montpellier fuhr, um sich eigenes Material zu kaufen, da war Eva, die unter Volldampf stehende Marketingleiterin einer Kosmetikfirma, die sich innerhalb weniger Tage auf Martins Garriguewanderung von einer stark geschminkten Dame im engen Kostüm in eine Naturliebhaberin verwandelte, die abends noch mit ihren Kindern in Büchern über die Insekten der Garrigue blätterte und eine Entdeckung nach der anderen machte:

«Nun guck mal, die haben wir doch heute auch gesehen, oder?»

Und als an einem Morgen dunkelgraue Gewitterwolken über uns hinwegzogen, als Donner ertönte und Blitze den trüben Tag erhellten, saßen alle zusammen und malten, bastelten, redeten miteinander, verglichen und lobten.

Ich muß gestehen, so hätte ich auch gern einmal Urlaub gemacht, früher, als wir noch von einem Restaurant zum nächsten zogen.

«Ich glaube, unsere Gäste fühlen sich so richtig wohl», flüsterte Philipp mir ins Ohr, bevor wir uns zum Abendessen an den gemeinsamen Tisch setzten. Natürlich aßen wir nicht nur Ziegenkäse, sondern auch *salade niçoise*, löffelten kalte Gazpacho mit Tomaten, Paprika und Zwiebeln, die ich selbst in meinem Garten geerntet hatte, aßen selbstgebackenes Brot und stellten eine Karaffe Wein nach der anderen auf den Tisch. Es kam mir an manchen Tagen vor wie Urlaub in der Großfamilie, und ich erwischte mich dabei, wie ich beinahe auf mich selbst neidisch geworden wäre, so gut ging es uns.

Ich fieberte meinem ersten Kochkurs entgegen, einmal träumte ich sogar davon …

ZIEGENKAESE-SOUFFLE
(5 Personen)

250 g Quark, 20 % • 100 g Chèvre, demi-sec • 5 Eier • Salz, frisch gemahlener Pfeffer • Öl für die Form

Den Quark mische ich gründlich mit dem Ziegenkäse und dem Eigelb, bis ich eine glatte Masse habe, dann würze ich mit Salz und frisch gemahlenem Pfeffer. Das sehr steif geschlagene Eiweiß hebe ich sehr vorsichtig unter die Masse, die ich in eine geölte Auflaufform gebe.
Im Backofen lasse ich das Soufflé im Wasserbad 45 Min. bei 180° gut aufgehen, mit einer goldbraunen Kappe. Dann nehme ich es vorsichtig heraus und serviere es sehr heiß.
Dieses Soufflé läßt sich auf viele Arten variieren. Ich kann frischeren oder älteren Ziegenkäse nehmen, kann den Quark durch Ziegenkäse ersetzen, Parmesan zufügen, kann Kräuter zugeben. Philipps Lieblingsvariante enthält reichlich fein gehackte Minze.
Dazu trinken wir im Sommer einen sehr kalten weißen Listel, einen Sandwein von der Küste, in den kälteren Jahreszeiten einen fruchtigen Beaujolais-Villages.

Martins Entscheidung

Am Abend, bevor Mareike ankam, regnete es kurz und heftig. Ich glaube an Zeichen, doch ich sagte Martin nichts davon.

Philipp und ich lagen bereits im Bett, da fauchte ein scharfer Wind über die Cevennen, heulte und zürnte in unserem Kamin, daß ich nicht einschlafen konnte, und wanderte dann weiter zur Küste, hinter sich die Stille einer sehr sanften Brise und einen sternenklaren Himmel lassend. Beruhigt schlief ich ein, denn ich nahm auch das als ein Zeichen.

Der beginnende Tag begrüßte uns mit einem wundervoll pastellenen Himmelsblau, und ich machte mich daran, das große Begrüßungsessen für Mareike und ihre Eltern, unsere allerältesten Freunde Inge und Klaus-Michael, vorzubereiten. Bereits der Vormittag war sommerlich heiß, die Grillen zirpten, und Anna ging an meinem Fenster vorbei, vermutlich auf der Suche nach Claude, und hinter ihr trottete der treue Olli. Als wir mittags im Schatten der Maulbeerbäume an unserem herrlichen Riesentisch saßen, stimmte unerwartet eine erste frühe Zikade ihr heiseres Lied an. Wir hoben die Köpfe und lauschten. Ein Sommerbote.

«Was ist das für eine Maschine?» fragte Anna.

«Das ist ein kleines Insekt, nur wenig größer als ein Brummer, und der ruft seinen Partner zur Liebe.»

«Und ohne das Geräusch lieben die sich nicht?»

Vermutlich nicht, doch niemand wußte es genau, nicht Martin, nicht einmal Claude.

Es war Anfang Juni, und eine sehr frühe Backofenhitze, die der Midi sonst kaum kennt, kam am Nachmittag zusammen mit unserem lang erwarteten Besuch an. Schwitzend ließen sie sich aus ihrem Auto fallen.

«Meine Güte, ist es immer so heiß bei euch?»

Ich wollte antworten, doch ein Aufschrei schnitt mir das Wort ab:

«Martin!»

«Mareike!»

Nein, ich war nicht neidisch wegen ihres jugendlichen Überschwangs, mit dem sie aufeinander zuflogen und in enger Umarmung herumtanzten. Ich fand es beeindruckend, schön und jung und nachahmenswert. Ob Philipp und ich das auch noch könnten? Ich war sicher.

Zum Glück stellte sich heraus, daß, Hitze hin, Hitze her, die Begrüßung mit Inge und Klaus-Michael nicht weniger stürmisch war. Schließlich hatten diese beiden Menschen einen Großteil unserer deutschen Vergangenheit mitgestaltet, und noch während ich erst den einen, dann den anderen im Arm hielt, sah ich vor mir die vielen Essen, die wir miteinander gekocht und genossen hatten, die Radtouren am Elbdeich, die gemütlichen Abende in der warmen Stube, wenn draußen die kalten Nebel dräuten.

«Meine Güte, wie seht ihr gut aus!»

«Oh, wie schön ihr es hier habt. Das kann ja gar kein Brief beschreiben.»

Staunend machten sie mit uns einen ersten Rundgang, und Klaus-Michael stand ehrfurchtsvoll vor der Kirchenruine. Für ihn als Architekt war das ein Leckerbissen der Baukunst.

«Ah», flüsterte er, mehr zu sich selbst als an uns gewandt, «das ist wirklich rein romanisch.» Ergriffen berührte er einen Stein sehr zart mit den Fingerspitzen. «Romanisch mit lombardischem Einfluß.» Und er tastete mit den Augen das Band aus schwarzem Basalt ab, das sich über dem Rundbogen des Fensters spannte.

«Meine Güte, was für Bäume!» staunte Inge beim Anblick

der drei Pinien, die majestätisch in den blauen Himmel ragten und köstlichen Schatten spendeten.

«Und das gehört alles euch?»

«Ja und nein», sagte Philipp, offenbar selbst ergriffen. «Sagen wir mal, wir haben dafür bezahlt, es nutzen zu können, denn wir dürfen weder die Bäume fällen, noch dürfen wir die Ruine abreißen und eine Garage auf dem Platz bauen.»

Ich hatte Inge am Arm, um ihr meinen Gemüsegarten zu zeigen, als mir Sabine auffiel, die Mareike und Martin nachschaute, die ineinander verschlungen auf Martins Haus zugingen. Was dachte sie in diesem Moment? Es gelang mir nicht, das aus ihrem Gesichtsausdruck zu lesen. Ich spürte nur Ärger in mir aufsteigen. Was bildeten sich diese jungen Menschen eigentlich ein, was wollte Sabine erreichen? Martin war doch viel zu jung für sie, warum ließ sie ihn nicht in Ruhe? Sollte ich sie am Abend zur Rede stellen? Ich bekam eine Gänsehaut bei dem Gedanken, denn ich mochte mich nicht einmischen, das hatte ich noch nie getan. Und irgendwo verstand ich sie auch. Sie war mit achtzehn Jahren Mutter geworden, hatte ihre Ausbildung gemacht und gleichzeitig Anna großgezogen. Anna war ein gutes Kind, und das war ganz bestimmt auch Sabines Verdienst. Dann kam die berufliche Katastrophe, und jetzt waren Anna und sie hier, und Sabine gab einfach ein wenig Verantwortung für ihre Tochter und ihre Entscheidungen an uns ab. Es drohte hier ja keine Gefahr.

«Charlotte, kommst du?»

Inges Stimme riß mich aus meinen Gedanken.

«Gibt es ein Problem?»

«Ach, nein, ich habe nur nachgedacht. Komm, ich zeig dir den Gemüsegarten.»

Und als wir dann vor meinen sonnenreifen Tomaten standen, meinen Bohnen, dem hüfthohen Sellerie, den Petersilienbüschen, den Kartoffeln und Zucchini, den Auberginen und den lila blühenden Artischocken, da verdrängte ich die aufziehenden Probleme, die ich bereits in den Knochen gespürt hatte, ganz schnell wieder.

«Das ist ja nicht zu fassen, Charlotte!»

Inge, die in ihrem Haus am Elbdeich selbst einen wunderschönen Bauerngarten hatte, war außer sich.

«Darf ich?»

Sie pflückte sich eine Tomate, hielt sie an die Nase und schloß verzückt die Augen.

«Welch ein Duft», flüsterte sie ergriffen und biß in die rote, saftige Frucht.

Ich biß selbst auch in eine Tomate und verspürte denselben Genuß, als ich Gerhard sah. Er stand an einer Hausecke und beobachtete Sabine. Er versteckte sich nicht, doch es war etwas in seiner Haltung, was mir dasselbe Gefühl gab wie gerade eben der Blick von Sabine. Was braute sich da zusammen? Hatten wir irgend etwas falsch gemacht?

«Ich brauche etwas zu trinken, ich verdurste», sagte Inge, und das holte mich wiederum in die Wirklichkeit zurück.

Wir standen in der prallen Sonne, und es war in der Tat, als würden wir verdorren, bei lebendigem Leib gegrillt. Ich nahm Inge beim Arm und steuerte sie zum Haus, wo wir uns in den Schatten setzten und erzählten und erzählten. Es gab so viel, was wir einander mitzuteilen hatten.

An diesem Abend aßen wir im Eßzimmer, denn ein kurzes Gewitter machte uns klar, weshalb der Nachmittag so unnatürlich heiß gewesen war. Wir saßen bis weit in die Nacht mit unseren Freunden zusammen, während draußen der Donner grollte und die Blitze zuckten. Der nächste Tag war sonnig, freundlich hell und erfrischend, doch es war nur die Ruhe vor dem Sturm, den uns unsere drei jungen Menschen am darauffolgenden Tag bescherten:

«... und hör auf mit deinem blöden Liebesgesäusel, du!» rief Mareike außer sich, als sie, ihre Reisetasche in der Hand, aus Martins Haus stürmte, hinüber zu ihren Eltern. Sie riß die Tür auf, und ich hörte sie rufen:

«Ich reise ab!»

Dann fiel die Tür ins Schloß, und es war still. In mir verkrampfte sich alles, und ich verspürte mit einem Mal große Lust, sie alle abreisen zu lassen. Als Martin aus seinem Haus in die Sonne trat und ratlos, mit rotem Kopf, stehenblieb, fragte ich:

«Sag mir bitte, was los ist, ja?»

«Charlotte, bitte ...»

Ach, mein Herr Sohn möchte nicht, daß ich mit hineingezogen werde, dachte ich und drehte mich abrupt um, ging in meine Küche und begann, Gemüse zu putzen. Nach einer Weile kam Inge und stellte sich neben mich. Sie wartete lange, bis sie leise sagte:

«Mareike möchte abreisen.»

«Das hatten wir im letzten Jahr schon einmal», sagte ich spitz.

«Es ist wegen Martin ...»

«Das war es damals auch ...»

Sie schwieg eine Weile ratlos und sagte dann:

«Charlotte, wir sind mit Mareike im Urlaub. Ich kann nicht so tun, als ginge mich das alles nichts an. Ob ich will oder nicht, ich hänge irgendwie mit drin.»

Ja, leider, dachte ich, wir wirklich auch, und ich wandte mich ihr zu:

«Müßt ihr deshalb abreisen?»

Ihr Lachen klang ein wenig mißglückt: «Nein, nein, das auf

gar keinen Fall, aber ich denke, ich sollte Mareike nahelegen, die Ferien irgendwo allein zu verbringen. Sie ist alt genug, finde ich, und Klaus-Michael und ich haben jetzt ein Anrecht auf ein eigenes, ungestörtes Leben, findest du nicht auch? Also sollte ich sie wohl zum Bahnhof fahren …»

«Auwei, ich weiß nicht, ob ich so hart sein könnte, Inge. Ich denke, ich sollte mich ebenfalls nicht heraushalten und unseren Martin auffordern, sich wenigstens während der Ferien zu entscheiden. Und bis dahin versuchen wir erst einmal, die Ruhe zu bewahren und gemeinsam Mittag zu essen, ja?»

Ich hatte eine Art Krampe im Bauch, als wir alle gemeinsam an unserem großen Tisch saßen. Das Tischgespräch war schwierig, aber ich konnte niemanden aus der Verantwortung entlassen. Wir waren nicht allein, es waren ja noch andere Gäste anwesend. Da war das ruhige Ehepaar aus Nordfriesland, doch zum Glück auch die Lübecker mit ihren drei kleinen Kindern, die für ununterbrochene Unruhe sorgten. Obwohl mir kaum danach war, lächelte ich, plauderte, gab Tips für Ausflüge und stellte Fragen nach dem Befinden. Inge, die ja wußte, was los war, half mir, so gut sie konnte. Mareike sprach gar nicht, schaute nur auf ihren Teller und aß kaum, Sabine stocherte ebenfalls in ihrem Essen, und Martin und Gerhard aßen mit steinernen Gesichtern, automatisch.

Claude und Anna schienen ihr ganz eigenes Leben zu leben. Er schnitt das Fleisch auf ihrem Teller, zerteilte ihr das Gemüse, und als er sanft fragte: *«C'est bon?»*, nickte sie und strahlte ihn mit ihren dunklen Augen an.

«Könnt ihr vier nach dem Essen noch ein wenig bleiben? Ich muß mit euch reden.»

Kaum hatten wir den Tisch abgeräumt, fragte ich:

«Sagt mal, was geht hier eigentlich vor sich?»

«Ich denke, ich sollte abreisen», sagte Gerhard.

«Ich sowieso», sagte Mareike.

«Und wieso? Was ist los?»

«Martin hat mir gesagt, daß er mit Sabine geschlafen hat. Und das, obwohl er mir seit dem letzten Jahr Liebesbriefe geschrieben hat. Und was für welche ...»

Meine Güte, warum mußte er das auch beichten? Ich hoffte, daß jetzt nicht auch noch Aurore zur Sprache kommen würde, doch ich hatte Glück.

«Es ist wegen Sabine, daß du abreisen möchtest, stimmt's?» wandte ich mich an Gerhard.

Er mußte sich für sein «Ja» einen ziemlichen Ruck geben.

«Aber du hast gesagt, du würdest die ganze Saison über bleiben. Hast du das vergessen? Wir brauchen dich.»

«Na gut. Ich würde aber lieber abreisen.»

Ich mußte mich vorerst damit zufriedengeben, mehr würde ich im Moment nicht erreichen.

«Und du Sabine, was meinst du?»

«Sei mir nicht böse», wandte sie sich an Martin, «es war irgendwie ein Ausrutscher. Ich dachte, du wärest in mich verliebt, und ich wollte dich nicht verletzen, und ich mag dich ja auch. Aber ...» Sie blickte hilflos von einem zum anderen, und dann holte sie tief Luft und sagte laut und deutlich: «... eigentlich mag ich Gerhard. Aber der ist so komisch, daß ich dachte, er wollte nichts von mir wissen.»

Sie schaute verlegen auf den Tisch, traute sich nicht, den Blick zu heben.

Da fragte Martin:

«Mareike, warum fahren wir beide nicht einfach für ein paar Tage irgendwohin, einfach Ferien machen. Wir können dann alles in Ruhe klären. Von meiner Seite hat sich doch nichts geändert.»

Mareike schaute ihn nicht an, sie schwieg, dachte nach.

«Du hast mit beiden geschlafen, mit Martin und mit Gerhard. Stimmt's?»

Sabine drehte und wand sich. Es war ihr peinlich, und das wäre es mir auch gewesen. Ich konnte es ihr jedoch nicht ersparen, die Dinge jetzt auf den Tisch zu legen.

Sie nickte. Ich war stocksauer, doch ich bemühte mich, davon möglichst nichts zu zeigen. Es hätte uns in diesem Moment nicht geholfen.

«Es war einfach nicht klug, Sabine», sagte ich so deutlich und fest wie möglich. «Wir sind hier eine sehr kleine Gemeinschaft, da kann so ein Verhalten nur zu Problemen führen. Und vor denen stehen wir gerade.»

Ich verkniff mir, sie zu fragen, ob sie denn überhaupt nicht an Anna gedacht hatte. Hier hatte sie plötzlich noch einmal jung sein dürfen, das verstand ich. Anna war den ganzen Tag mit Claude und Olli unterwegs, wir paßten auf sie auf und kümmerten uns um sie, und das erste Mal seit sechs Jahren war Sabine aus der Verantwortung entlassen.

«Wenn du so eine Art erotischen Reigen etablieren willst», sagte ich jetzt zu Martin, «solltest du in eine Großstadt ziehen, mein Lieber. Hier stört dein Verhalten nur.»

«Tut mir leid», murmelte er und schaute auf seine Schuhe.

«Ich finde, er hätte sich entscheiden können», sagte Mareike.

«Du hast recht», murmelte er kleinlaut.

Da stand Mareike auf und stellte sich vor Martin hin, schaute ihm ins Gesicht.

«Gilt dein Angebot noch? Das mit den Ferien, meine ich ...» fragte sie leise.

Martin schaute sie an, sein Gesicht erhellte sich.

«Du meinst ... wirklich ...?»

«Ja», sagte sie, «aber dann komm auch jetzt gleich mit.»

Er schaute mich an, wollte eigentlich etwas sagen, doch als er sah, daß ich nickte, nahm er Mareike bei der Hand und ging mit ihr hinüber zu seinem Haus.

«Was ich nicht verstehe», sagte Gerhard gequält zu Sabine, «das ist, daß du mich vor einigen Tagen noch gefragt hast, ob ich nicht vielleicht für immer bleiben ...»

«Es war Martin», Sabines Stimme war tonlos, «er ließ einfach nicht locker. Und ich fand ihn ja auch nett, aber eigentlich mochte ich immer nur dich.»

Sie war plötzlich blaß, alles Blut schien aus ihrem Kopf gewichen, ihre Lippen waren weiß. Eigentlich war ich böse auf sie alle, doch ich wußte plötzlich auch, daß sie eigentlich noch gar nicht richtig erwachsen waren. War ich früher auch so? Ich hatte es vergessen.

Bevor ich etwas sagen konnte, sprang Sabine auf und lief mit großen, weitausholenden Schritten hinüber in die Garrigue. Gerhard schaute mich nur kurz an, wortlos und bedeutungsvoll, dann folgte er ihr.

Plötzlich saß ich allein am Tisch. Es war still, über mir summte eine Fliege, wie in sehr weiter Ferne zirpten die Grillen, und darüber krächzten die Zikaden ihr sehnsuchtsvolles Lied. Ich fühlte mich einsam, überfordert, und ich wünschte mir, Philipp wäre an meiner Seite. Es war normal, daß ich Verantwortung übernahm, doch in Momenten wie diesem hatte ich das Gefühl, daß mir alles über den Kopf wuchs. Wir hatten nette Gäste, ja, doch wir hatten auch viel Arbeit, und an vielen Abenden schliefen Philipp und ich übermüdet ein, bevor wir auch nur entscheiden konnten, ob wir uns lieben wollten. Und am nächsten Morgen wußten wir nicht einmal mehr, ob wir uns überhaupt gute Nacht gesagt hatten, denn häufig hatten wir nicht einmal mehr dafür die Kraft.

Eigentlich wollte ich aufstehen und zu Philipp und seinen Ziegen gehen, wenigstens bei ihm sein, doch plötzlich sah ich unser gemeinsames Leben wieder vor uns, unsere Hochzeit, das große Glück, und ich sah uns in Hamburg an der Elbe spazierengehen, sah uns radfahren, sah uns mit dem kleinen Martin an der Hand durch Museen und Ausstellungen schlendern. Ich schwelgte in den schönen Gefühlen der Vergangenheit, verlor mich in ihren Bildern. Ich sah uns abends in Hamburg sitzen und ein Buch lesen, ich sah uns im Bett liegen und zärtlich zueinander sein, und mir war, als könnte ich gleichzeitig zu einem Bild zusammenfassen…

«Charlotte?»

Erschrocken, ertappt fast, öffnete ich die Augen. Martin und Mareike standen vor mir, sie schienen sich plötzlich sehr nah zu sein.

«Ich gehe mit Mareike nach Hamburg, Charlotte. Ich habe mich entschlossen, doch noch mein Abi zu machen.» Und dann fügte er hinzu: «Tut mir leid, daß ich euch jetzt einfach so mit allem allein lasse.»

Um in die Gegenwart zurückzufinden, habe ich vermutlich meinen Kopf geschüttelt. Ich mußte mich nur aus meinem Traum befreien.

«Ist dir das nicht recht?»

«Doch, doch, Martin, du willst also dein Abitur machen?»

«Ja. Ich reise heute noch mit Mareike ab, jetzt gleich. Wir fahren mit dem Zug um 23.56 Uhr nach Hamburg, aber ihre Eltern bleiben hier.»

Bevor ich weitere Fragen stellen konnte, erklärte Mareike:

«Er kann bei uns wohnen, Inge und Klaus-Michael sind einverstanden. Es ist alles besprochen und beschlossen. Wir werden einfach zusammen zur Schule gehen, und wenn wir unser Abi haben, sehen wir weiter. Ja?»

Nein, ich fragte nicht, wem das «Ja?» galt, ich fragte auch nicht: Und was dann? Das würden wir alles sehen.

«Hast du etwas dagegen?»

«O nein, ich finde das eine hervorragende Idee. Herzlichen Glückwunsch. Für euch beide übrigens.»

Ich stand auf, um sie zu umarmen.

«Und … und das mit uns beiden? Findest du das komisch?» fragte Mareike zaghaft.

«Was sollte ich dagegen haben, wenn ihr euch liebhabt? Viel Glück euch beiden, von Herzen. Ich finde es richtig, daß ihr die Konsequenzen zieht, und die Entscheidung mit der Schule finde ich recht beachtlich.»

Mit einem Mal empfand ich ein ungeheures Glücksgefühl, das ich mir selbst kaum erklären konnte. Lag es daran, daß mir Martins Situation auf unserm «Einödhof» immer etwas seltsam vorgekommen war? Und dann kein Abitur, keine Ausbildung …

«Ich muß euch sagen» – ich flüsterte, weil ich einen schrecklichen Kloß im Hals hatte –, «die Liebe ist etwas unglaublich Schönes und Wichtiges. Auch dazu herzlichen Glückwunsch also.»

Ich küßte erst Martin, weil er mein Sohn war, und dann küßte ich Mareike, weil sie seine Freundin war. Sie würden zusammenleben, welch ein Experiment in dem Alter, selbst wenn sie im Haus ihrer Eltern lebten. Dann umarmte ich sie alle beide, und danach gingen sie hinaus zu Philipp und seinen Ziegen. Ich würde die beiden mit ihm zusammen und Mareikes Eltern zum Zug bringen.

In der nächsten Woche würde mein Kochseminar beginnen, für morgen hatte sich Guy angesagt, um mit mir in Ruhe alles vorzubereiten. Seine unbeschwerte Art, seine Liebe zum Genuß würden mich ablenken. Ich freute mich bereits darauf.

Beim Abendessen jedoch waren Sabine und Gerhard nicht da. Mußte ich mir Sorgen machen? Ich konnte nicht fort, sie suchen gehen, wir saßen beim Essen und mußten warten. Neben Philipp und mir saßen Inge und Klaus-Michael, und sie verhielten sich so normal, daß ich mich fragte, ob mit mir etwas nicht stimmte. Ihre Tochter hatte ihren Urlaub vorzeitig abgebrochen, um sich in ihrem Haus mit unserem Sohn eheähnlich einzurichten, und sie aßen in aller Seelenruhe und mit großem Appetit mein Ziegenkäse-Pesto mit meinen selbstgemachten Tagliatelle. Ich wünschte mir dieselbe stoische Ruhe.

Auf dem Stuhl neben mir saß Anna, die den Tag mit Claude und dessen Ziegen in der Garrigue verbracht hatte.

«Wo ist Sabine?»

«Sie ist mit Gerhard spazierengegangen.»

«Kommt sie gleich wieder?»

«Ja, ganz bestimmt, Anna.»

Doch ich fand, sie waren bereits ziemlich lange unterwegs. Ich gab Anna Nudeln ohne «das grüne Zeug» und dann ein Stück vom *chocolat fondant*, dem himmlischen Schokoladenkuchen, bei uns so eine Art Standarddessert.

Sabine kam, als ich Anna ins Bett brachte. Sie gab ihr schnell einen Gutenachtkuß.

«Können wir mit dir sprechen?» fragte Gerhard.

«Ihr auch? Seid mir nicht böse – aber muß das heute noch sein? Ich werde gleich Martin und Mareike zum Bahnhof bringen, sie fahren nach Hamburg, und Martin macht sein Abitur nach ...»

«Ja, es muß sein.»

«Nun gut. Und außerdem sprechen wir ja bereits ...»

«Wir haben uns ausgesprochen, wir möchten gern zusammenleben.»

«Wir leben hier alle zusammen.»

Ich stellte mich einfach stur.

«Können wir zusammenziehen?»

«Muß ich das wirklich für euch entscheiden?»

«Wir müssen doch fragen ...»

«Vorher habt ihr auch nicht gefragt, keiner von euch.»

«Da wäre es ja auch beinahe schiefgegangen.»

«Gut, ihr wollt also zusammenleben?»

Sie nickten.

«Und was ist, wenn es nicht klappt?»

Sie antworteten nicht, also mußte ich es sagen:

«Dann geht ihr wieder auseinander, und St. Martin muß auf einen von euch verzichten, ja?»

Sie wirkten hilflos, meine Frage war gemein.

«Ihr wollt also das Zusammenleben probieren, um zu sehen, wie es weitergehen kann?»

«Ja, in etwa so.»

Ich hatte doch kein Recht, ihnen ihre Erfahrungen zu verbieten. Aber da war noch etwas, was ich gern wissen wollte:

«Und was war nun eigentlich hier bis vorhin los?»

«Wie ... was ...?»

«Also gut, dann anders: Du, Sabine, hast mit Martin und mit Gerhard geschlafen. Wußten die beiden voneinander?»

«Nein.» Sabine wurde sehr rot.

«Aber wer wollte denn nun was von wem?»

«Martin wollte Sabine», sagte Gerhard ernsthaft, «aber ich wollte sie auch. Und sie wußte nicht, zu wem sie sich mehr hingezogen fühlte. Ich glaube, sie mochte uns beide, und das kann ich ganz gut verstehen, denn ich mag Martin ja auch. Er ist mein Freund ...» Hilflos hob er die Schultern, ließ sie resigniert wieder fallen und fügte leise hinzu: «Ach, es ist manchmal unendlich kompliziert, das Leben.»

Ja, das fand ich auch …

«Weißt du, Charlotte, ich mochte von Anfang an Gerhard, aber er sprach immer nur von seiner Abreise.»

Aha, da war er also wieder, dieser Punkt.

«Aber … ich wußte doch gar nicht, ob ich überhaupt bleiben kann …»

Mir wurde ganz anders. Gerhard hatte recht, wir hatten immer nur von dieser Saison gesprochen. Waren wir doch mitschuldig?

«Und wenn wir dich bitten würden, zu bleiben?»

«Ich würde gern», sagte er leise, «jetzt, wo ich hier sogar meine Pantomime lehren kann.»

Ich konnte sehen, wie Sabine die Tränen über die Wangen liefen. Gerhard sah es auch, und er nahm sie in seine Arme.

«Laß es uns zusammen versuchen, Sabine. Ich hab dich sehr, sehr lieb.»

Na, endlich …

Der Himmel wurde langsam nachtblau, und ich sehnte mich nach Philipp, nach seiner Stimme, seinen Lippen, seiner Berührung. Wir würden gleich nach Montpellier fahren, zum Bahnhof. Ich schickte die beiden fort und rief Marie de la Ville an.

«Natürlich, Charlotte, unsere Wohnung ist doch frei.»

Philipp und ich hatten auch ein Recht auf ein wenig eigenes Leben, selbst wenn Gäste in St. Martin waren. Sabine würde mich vertreten, Gerhard Philipps Ziegen hüten.

Zwei Tage Sommerurlaub …

Irreale Sommerträume

Als wir nach St. Martin zurückkamen, kam mir unser Zuhause ohne Martin plötzlich öde und leer vor, und bei diesem Gefühl hatte ich auch noch ein schrecklich schlechtes Gewissen, denn die anderen Menschen waren doch alle da.

Und plötzlich, das erste Mal, überkamen mich Zweifel, ob ich auf dem Land wirklich richtig aufgehoben war. War ich nicht vielleicht doch ein Stadtmensch, den man nicht hätte verpflanzen dürfen? Sehnte ich mich gar nach Hamburg zurück, oder vermißte ich nur Martin?

«Kannst du Philipps Ziegen nicht noch einmal übernehmen?» fragte ich Gerhard, und als er zusagte, sagte ich zu Philipp:

«Ich brauche dich, und ich muß noch einmal raus, nur noch zwei Tage.»

«Mir scheint, du brauchst Urlaub.»

«Ich habe in den Abgrund geschaut, Philipp, ich muß dringend Luft schnappen. Nur noch zwei zusätzliche Tage, bitte.»

«Und was ist mit meinen Ziegen?»

«Deine Ziegen sind doch in guten Händen, nicht wahr, Claude?»

Claude lächelte und nickte:

«Gérard ist ein Ziegenmensch» und, Philipp in die Augen schauend: «vielleicht sogar mehr als du.»

«Okay», gab Philipp nach, «was machen wir? Wir waren doch gerade in Montpellier.»

«Wir fahren ans Meer, das ist das, was ich jetzt brauche.»

«Oh, Charlotte, was mache ich dort?» fragte Philipp entsetzt. «Am Strand liegen, in der Sonne braten, dann ein

Zwanzig-Kilometer-Spaziergang mit Sonnenbrand hinten, dann Sonnenbrand vorn?»

«Ich verspreche dir, Philipp, daß es so nicht sein wird.»

«Wohin fahren wir also?»

«Geheimnis.»

Marie de La Ville hatte mir da etwas erzählt …

«Du kochst?» fragte ich Sabine, doch ich kannte ihre Antwort bereits. Sie kochte gern, genauso gern wie ich. Habe ich berichtet, daß Philipp nie mehr ein Stück in der Küche angefaßt hat, seit wir hier in St. Martin eingetroffen sind? Und das, obwohl er in Hamburg fast fünfzehn Jahre gekocht hat, mindestens eine Mahlzeit am Tag. Doch das nur am Rande.

Martin war fort, und ich empfand eine Leere wie schon seit langem nicht mehr. Er würde wiederkommen, aber es ist nicht einfach, auf einen geliebten Menschen zu verzichten, selbst wenn es nur zeitweise ist. Ich erkannte die Kehrseite der Mutterliebe. Nähe brauchte ich in diesem Moment mehr denn je, und dafür hatte ich Philipp, und ich beschloß, einfach von ihm ausgiebigen Gebrauch zu machen.

Wir standen am nächsten Morgen früh auf und fuhren sofort ab. Es ging schweigend nach Osten.

«Geht's nach Italien?»

Ich schüttelte den Kopf, wollte Philipp erst bei der Ankunft sagen, wo wir uns befanden.

Wir hielten neben einer großen Düne direkt am Strand.

«So. Das ist Beauduc. Ich wollte es schon lange einmal sehen.»

«Was ist das, Charlotte? Ist das noch Europa?»

Beauduc war das letzte Refugium der vom Aussterben bedrohten Freiheit. Es war eine weite Anreise, bis an den südlichsten Zipfel der Camargueströnde. Die letzten Kilometer fährt man vorbei an grauen Salinenbecken, über eine staubige

Rüttelpiste mit tiefen Schlaglöchern. Es ist eine Fahrt zum Mond mit einer ebensolchen Landschaft aus gleißendem Salz und hellgrauem Morast, besetzt mit rosa Flamingos, schwarzen Stieren und weißen Pferden. Die Camargue. Aus diesen Bestandteilen werden sonst Träume gemacht.

Beauduc ist ein Ort, der kein Ort ist, ein Raum, den es eigentlich nicht mehr geben darf. Es ist kein Dorf, keine Gemeinde, Beauduc ist ein freier, schwebender Zustand. Die Hütten, Buden eigentlich, stehen beieinander wie in einem Dorf, doch jeder hat sie aus dem gebaut, was er zu Hause nicht mehr brauchte oder am Strand vorfand. Die Bewohner sind Zivilisationsflüchtlinge, angeschlossen nur an Generator und Zisterne. Wer sich ein Stück vom Paradies erträumt, stellt seinen Uralt-Wohnwagen in den Dünen ab. Keine Vorschrift verbietet irgend etwas, alles scheint erlaubt. Ein einmal eingenommener Platz wird zur Heimat, Sommer für Sommer bewohnt. Wer möchte, stellt sein Auto an der Wasserlinie ab, bringt sich im Schatten vor der Sonne in Sicherheit, nimmt sein Picknick im Sitzen ein, bei offenen Türen. «Meine Güte, was für ein Platz!»

Wir kamen aus dem Staunen nicht heraus. Autos, Wohnwagen, Zelte, jeder schien zu machen, was er wollte, und es wirkte nicht peinlich. Man grillte, hörte Musik, ließ den anderen in Ruhe.

Ich hatte alles vorbereitet. In einer Tasche hatte ich einen Campingkocher, eine Pfanne mit Deckel und ein Glas mit Olivenöl, Petersilie und Knoblauch. Wir wateten ins knietiefe, glasklare und warme Wasser und suchten kleine, flache Sandmuscheln. Neben uns fischten die professionellen Fischer von Beauduc mit ihren Stangen und Netzen. Als unser Beutel voll war, legte ich die Muscheln in eine Schüssel mit klarem Meerwasser und ließ sie sich selbst entsanden. Dann gingen wir ausgiebig schwimmen, tollten im warmen Wasser wie ausgelassene junge Hunde, bewarfen uns mit Sand, küßten uns und waren endlich wieder einmal ganz frei. Und ungebunden und jung.

Beauduc macht froh – hätte ich mit Filzstift auf unser Auto malen mögen.

Zurück am Strand, machten wir uns ein Baguette-Sandwich, und ich garte die Muscheln in dem Knoblauch-Petersilien-Öl. Es war eine der köstlichsten Mahlzeiten, die wir jemals eingenommen hatten. In der Picknickbox hatten wir gut gekühlten Rosé, und zum Schluß tunkten wir unser Brot in das aromatische Öl, denn das Meerwasser macht sehr hungrig. Danach saßen wir ruhig im Sand, eng aneinandergekuschelt, und schauten der Sonne zu, die immer tiefer wanderte. Wir tranken langsam unseren Wein aus und sprachen nicht. Gar nicht. Ich fühlte mich einfach nur wohl, endlich ganz wohl.

Und dann holte ich aus unserer Kühlbox ein Tiramisu, das ich auf dem Weg schnell gekauft hatte, und dazu eine Flasche Champagner. Ist es verboten, sich zu berauschen, ist es vermessen, von dem großen, kleinen Glück zu berichten?

Nein, wir waren nicht allein in Beauduc, da waren noch viele andere Menschen, und doch waren Philipp und ich allein, ich sah nichts und niemanden sonst. Und dann legten wir uns Arm in Arm in den Schatten unseres Autos und schliefen uns ganz in Ruhe aus.

Wir wachten von einem tosenden Getrappel auf. Eine Herde weißer, freilebender Pferde trabte über die Dünen, an der Wasserlinie entlang, daß die Gischt spritzte, Mähnen und Schwanzhaare wehten im Wind. Erst dachte ich, ich träumte, aber als mir der nasse Sand ins Gesicht spritzte, wußte ich plötzlich wieder, wo ich war.

Wir aßen köstlichen, am Abend gefangenen Fisch in einem

der kleinen Restaurants, tranken einen leichten Sandwein dazu und dann schliefen wir am Strand, neben unserem Auto, und wir liebten uns im Morgengrauen. Wir waren plötzlich wieder sehr, sehr jung und fuhren erst am nächsten Abend zurück, verbrannt, Haut und Haare voll Salz, Körper und Seele angefüllt mit dem hellen, hochtransparenten Licht der Küste.

«Ich danke dir», flüsterte mir Philipp auf der Rückfahrt zu.

«Wofür?»

«Für diesen Ausflug. Er war wie Urlaub.»

«Bedank dich nicht, Philipp, wir brauchten es einfach. Und jetzt laß uns in Arles essen, bevor wir uns wieder in das Getümmel von St. Martin mit unseren Gästen stürzen.»

Es war frivol, mitten in der Saison einfach wegzufahren, aber es tat auch unglaublich gut.

«Na, wie war's?» fragte Sabine am nächsten Morgen.

«Och, ganz nett», brummelte Philipp über dem Tisch, doch unter dem Tisch stieß er mich mit seinem Bein an und schaute mir tief in die Augen. Und da wußte ich wieder, daß es gleichgültig war, ob ich in der Stadt oder auf dem Land wohnte. Die Hauptsache war, daß ich dort war, wo sich auch Philipp befand.

Wir gehören zusammen.

RISTO AUF TOMATEN MIT FRAIS-FRAIS

(6 Personen)

12 Auberginen • Traubenkernöl zum Braten • Salz
Für das Tomatenbett: 1 kg sehr reife Tomaten • 2 Knoblauchzehen • 1 EL Olivenöl • 1 1/2 TL Zucker • 10 Zweige glatte Petersilie • frischer Thymian, frischer Lorbeer • Salz und Pfeffer

6 Ziegenkäse, frais-frais (oder 5, + 1 demi-sec) • 1 Bund Frühlingszwiebeln • frische Gartenkräuter • 1 harter Ziegenkäse, extra-sec

Um dieses Tomatenbett herzustellen, häute ich die Tomaten, drücke Kerne und Flüssigkeit heraus und schneide sie in Stücke und koche sie dann in einer dickwandigen Kasserolle ein. Dann passiere ich sie durch die Moulinette und stelle sie auf die Seite.
Die Auberginen schneide ich in Langlamellen und brate sie möglichst einzeln in reichlich Traubenkernöl goldbraun. Eine nach der anderen lege ich zum Abtropfen auf Küchenpapier. Dann mische ich die Auberginen mit dem eingekochten Tomatenbett und erhitze beides zusammen vor dem Servieren noch einmal in einer Kasserolle. Es kann nach Belieben gepfeffert werden.
Den Risto essen wir heiß als Hauptgericht oder Vorspeise, vermischt mit reichlich Parmesan und Peccorino. Im Sommer essen wir ihn auch kalt, als üppige Vorspeise oder als Hauptgericht, z. B. bei den intimen Picknicks, die Philipp und ich uns selten gönnen, wenn er in der Garrigue die Ziegen ausführt. Dann gibt es dazu einen angemachten Ziegenkäse, frais-frais, fast noch Quark, mit Frühlingszwiebeln, frischen Kräutern, über den ich für das Parfum nur einen Hauch alten Ziegenkäse reibe. Dazu trinken wir unseren eigenen Roten oder einen roten Costière de Nîmes; beide im Sommer leicht gekühlt.

Der Sommer war atemlos. Unsere Freunde Inge und Klaus-Michael hatten wir unter Tränen verabschiedet. Sie versprachen aber, nächstes Jahr bestimmt wiederzukommen.

Telefon und Fax ruhten nicht, bis wir ausgebucht waren. Wir konnten bis in den Oktober hinein keine Reservierungen mehr annehmen. Es war ein ständiges Kommen und Gehen, und wir waren ununterbrochen so viele Menschen in St. Martin, daß ich für Sabine und mich eine Küchenhilfe einstellte. Es ging einfach nicht mehr anders.

Sabine gab einen Kurs nach dem anderen, für Erwachsene und für Kinder, und selbst Anna war glücklich, denn sie konnte jedesmal teilnehmen und hatte so gleich Kontakte. Sie hatte unseren kleinen Feriengästen ja auch sonst allerhand zu bieten, denn sie war der Schlüssel zu Claude und seinen Ziegen, zu dem freundlichen Riesenhofhund Olli und selbst zu Philipp, der sich am liebsten aus dem Trubel heraushielt – außer bei den Mahlzeiten. Da wurde er gesprächig, und er schien die bunte Großfamilienatmosphäre mit Hingabe zu genießen.

Gerhard hatte sich, so gut er konnte, in Martins naturnahe Wanderungen eingearbeitet, und gleichzeitig lehrte er seine Pantomime und autogenes Training. Auch er war gut beschäftigt.

Selbst meine Kochkurse waren stets ausgebucht. Ich hielt sie nun regelmäßig ab, zweimal in der Woche, denn die Nachfrage war groß.

«Ich habe es dir ja gesagt», sagte Guy nicht ohne Stolz, «die Menschen haben ein Bedürfnis nach gutem Essen.»

Ich hatte allen Grund, ihm dankbar zu sein, denn ohne ihn

hätte ich niemals daran gedacht, mein Kochen zum Gegenstand einer Unterrichtung zu machen. Obwohl er mir eigentlich nur zweimal hatte helfen wollen, war er doch jetzt jedesmal dabei. Das half mir sehr. Das an den Kurs anschließende gemeinsame Essen war jedesmal ein festlicher Abschlußakkord, und Guy schien es ganz besonders zu genießen. Er wurde süchtig danach.

Wir hätten sehr zufrieden sein können, hatten jedoch kaum die Zeit dazu. Dabei war es nicht nur die Arbeit, die uns in Atem hielt, sondern auch die Tatsache, daß wir ebenfalls etwas vom Sommer haben wollten. Das war keine einfache Situation, schaffte manches Mal doppelten Streß.

«Ich habe zehn Anmeldungen für den Malkurs, ich bin voll. Wenn noch jemand teilnehmen möchte, muß er bis zur nächsten Woche warten», sagte Sabine und schaute gehetzt auf die Uhr.

Sie mußte nach Montpellier, um Material nachzukaufen, Farben, Pinsel, Maschendraht, Kleister und Papier, und ich überlegte, wie ich es schaffen könnte, diese Fahrt mit einem Lebensmitteleinkauf zu verbinden.

Wenn ich keinen Kochkurs hatte, begleitete ich manchmal Philipp und seine Ziegen in die Garrigue. Wir nahmen dann ein Buch mit und setzten uns lesend in den Schatten, auf einen Felsen, ins hohe, weiche Gras. Es war überlebenswichtig, daß man zwischendurch einmal abschaltete.

Als der erste Brief von Martin kam, riß ich ihn noch im Stehen auf.

«... wirklich, es tut gut, wieder in Deutschland zu sein. So schön es im Midi ist, das hier ist auch meine Heimat. Wenn ich nachdenke, ist hier nichts besser, weder das Essen, noch das Wetter, und die Menschen sind nicht so freundlich und fröhlich. Aber was es bedeutet, einen Regenspaziergang zu genießen, das solltet ihr eigentlich auch mal irgendwann wieder erfahren.»

Martin schien seine Heimatstadt zu genießen, und offenbar tat ihm die Nähe zu Mareike gut. Er war alt genug, allein zu arbeiten, er würde zusehen müssen, daß er zurechtkam. Wir lebten jetzt 1700 Kilometer weiter südlich und konnten uns nicht um ihn kümmern. Es freute mich, daß er guter Dinge war.

In St. Jean d'Hortus waren jetzt alle freien Flächen mit Plakaten bepflastert, die zu dem Dorffest riefen. Natürlich würde es eine Prozession und eine Messe geben, natürlich auch einen Ball und einige gemeinsame Mahlzeiten, am wichtigsten war jedoch die Arena.

Stiere waren so etwas wie die Garanten des Sommers. Der Süden lehnte sich zurück, um sich von einem ganzen Jahr Arbeit zu erholen. Man läßt sich vom hellen Licht verwöhnen, man genießt die warmen Abende gemeinsam. Die Familien besuchten sich und saßen an lauen Sommerabenden auf den weinüberwachsenen Veranden der Häuser, die Barbecue-Grills rauchten, der gut gekühlte Rosé hatte Saison.

«Früher, als Marie-Yvonne noch lebte, holten wir im Sommer immer unseren Rosé von der Küste», sagte Claude versonnen. «Wir fuhren nach Palavas zum Baden, und auf dem Rückweg nahmen wir einige große Kanister *petit gris* mit, den sehr leichten, sehr hellen Rosé der sandigen Küstenböden.»

«Madame, Sie sagen, daheim bei Ihnen gibt es keine *crépine*? Das kann nicht sein, Sie müssen mit Ihrem Schlachter reden. Wie sollen Sie denn gut kochen können, wenn es nicht einmal eine *crépine* gibt?»

Crépine ist eine Magenhaut vom Schaf, in die z. B. in meinem Kochseminar Kaninchenrücken und Ziegenkäse zusammengewickelt wurden, um gemeinsam angeschmort und dann gegart werden zu können. Diese Haut zerkocht teilweise, und die Reste nehmen den Geschmack der Zubereitung an, so daß man sie mitessen kann und keine abgewickelten Fäden auf dem Tisch herumliegen hat.

«Ihrem Schlachter ist das egal? Nein, das darf es nicht. Wenn der hier wäre, würde ich mit ihm sprechen. Wenn Sie nicht gut kochen, Madame, kann der Schlachter kein gutes Fleisch verkaufen, und dann wird es ihn bald nicht mehr geben.»

Dann wieder zog er die Augenbrauen hoch und ließ sie sinken, bis sie sich auf die traurig herabhängenden Lider senkten, als würde er sie ablegen, um seine Trauer besser genießen zu können.

«Und – gestatten Sie mir bitte die Frage – Ihre Schlachter dürfen im Land bleiben? Ja?»

Er ergriff den Arm der Armen, ganz hilfsbereiter französischer Kavalier der alten Schule: «Kommen Sie, Madame, wir wollen uns jetzt die *crépine* genau anschauen, damit wir sie nicht wieder vergessen.»

Bei seiner Leibesfülle unerwartet leichtfüßig, lenkte er sein Opfer in Richtung Arbeitstisch.

«Gleich morgen werde ich meinen Schlachter fragen, ob man eine *crépine* einfrieren kann, ja? Wir müssen dann nur für den korrekten Rücktransport sorgen. Ach, und bevor ich es vergesse: Charlotte hat mir verraten, daß in Deutschland der türkische Schlachter alles bietet.»

Wenn Guy ernst war, gab er gern zu, daß die berühmte französische Küche, für die das Land berühmt ist, ohne die deutschen Gäste vermutlich ausgestorben wäre. Allenfalls könnte man noch Rezepte in Museen nachlesen – oder im Ausland essen. Insoweit hatte ich mir in seinen Augen eine lohnenswerte Aufgabe gesucht, denn die Küche der Garrigue war ja nicht einmal in Frankreich allen Menschen bekannt.

Nach unserer jahrelangen Liebelei mit der italienischen Küche war diese hier die perfekte Ergänzung, und ich begann sofort nach unserer Ankunft, Rezepte zu sammeln, wo ich sie bekam, im Supermarkt, auf dem Markt, beim Frisör. Ich hatte schnell heraus, daß hier fast jeder über das Kochen und das Essen sprechen kann, alte wie junge Leute, Männer wie Frauen. Manches war überliefert, es kam von Mund zu Mund zu mir, oder auf Zetteln, die fleckig waren und mürbe vom vielen Falten. Bisweilen modernisierte ich, ich entfettete also, entmehlte und reduzierte die Garzeiten des Gemüses. Anderes wurde mir als modernes Rezept überreicht, weil jemand vom Ergebnis so begeistert war, daß er es unbedingt weitergeben wollte. Und den ganzen Rest suchte ich mir in Zeitschriften rund ums Mittelmeer zusammen, an der Küste entlang, von Marokko bis Griechenland.

«Kommst du mit zum Dorffest von St. Jean?» fragte ich Guy.

«Ich würde», antwortete er zögernd, «mich reizt jedoch die 1500-Personen-Paella nicht.»

«Und wie wäre es, wenn wir hier kochen?»

«Ein Festmenü?»

Als ich nickte, strahlte er.

«Wenn du mich nicht dazunimmst, werde ich böse.»

«Ich dachte daran, zusammen mit unseren Gästen so rich tig vom traditionellen Landleben zu profitieren. Alles feiert und wir auch.»

«Ich freue mich bereits, Charlotte. Wir alle hier zusammen an eurem großen Tisch unter den Bäumen, im Licht der Lampions, die Insekten summen, die Zikaden singen, die Grillen, ein richtiges Sommerfest.»

Zwei Tage saßen wir zusammen, um drei aufeinanderfolgende Sommermenüs zusammenzustellen. Es war eine große

Aufgabe, Guy und ich wollten doch mitfeiern, den Sommer genießen. Also planten wir Salate aus Gemüse, Fisch und Fleisch, dazu Gazpacho, marinierten Ziegenkäse oder kalte Melonensuppe, Ratatouille, marinierte Auberginen, Terrinen, Tomaten in allen Zubereitungsformen und Desserts. Wir tranken leichten Sangría und baskische Limonade aus Rot- und Weißwein und Zitrone.

Und dann kamen die *gardiens*, unsere Mittelmeercowboys mit ihren Lastwagen. Es war eine lange, staubige Kolonne aus der *Petit Camargue*, jenem Land der weißen Pferde, der schwarzen Stiere und der Flamingos. In der Garrigue, weit vor St. Jean, hielten sie an, um ihre Pferde zu satteln und die Stiere herauszulassen. Das Dorf summte vor Aufregung, die Kinder rannten ein letztes Mal über die Straße, um sich dann angstvoll hinter den Absperrungen zu verstecken, die Mädchen schauten den jungen Männern zu, die wie in einer anderen Zeit am Ortseingang warteten, um beim Einlauf der Stiere direkt neben den spitzen Hörnern ihren Mut zu beweisen.

Die *gardiens* auf ihren halbhohen Camarguepferden trugen ihre dreispitzigen Lanzen wie Höllenwächter, auf den Köpfen von Wind und Wetter verbogene Hüte, dazu die bunten Hemden mit den provenzalischen Mustern. In wildem Ritt bewachten und lenkten sie die Stierherde zur Arena, die Hufe trommelten auf dem Asphalt den Rhythmus der Camargue – ein archaisches Schauspiel.

«Meine Güte, ich habe ja nicht gewußt, daß hier alles wie immer ist, wie früher», sagte Philipp später, vor Staunen noch ganz außer Atem. «Der Mensch, das Pferd und die wilde, schwarze Bestie, der Kampf mit den Urgewalten.»

Das war ein stolzer Satz für einen Ziegenhirten, ich schaute ihn erstaunt an. Seine geschliffenen Formulierungen als Jura-Professor waren lange her.

«Nehmt bloß Hüte mit. Am Nachmittag brennt die Sonne ohne Erbarmen», hatte Marie de la Ville mich zum Glück vorgewarnt.

Also hatten wir für unsere Feriengäste ein Sortiment von Sommerhüten angeschafft.

«Hier ein Hut für dich», sagte Anna zu einem weißblonden Neuankömmling.

«Mag ich nicht, der sieht doof aus.»

«Wenn deine Haut verbrannt ist, siehst du noch viel doofer aus.»

«Quatsch.»

«Guck mal.» Anna hatte irgendwo ein Bild von einer Verbrennung ausgeschnitten, das wirkte immer.

«Kann ich auch den anderen Hut dort haben?»

Der Sprecher sagte die Menge der Punkte an, und er lobte Sonderpreise der ortsansässigen Geschäfte und Handwerksbetriebe aus, wenn sie auf einen der weißgekleideten Männer ausgebracht wurden.

«*Dix francs de plus* – 10 Francs mehr, gestiftet von Duponds Haushaltswarengeschäft in Ganges.»

«*Cinquante francs de plus* – 50 Francs mehr, gestiftet von dem Unternehmen Durand, Klempner in St. Jean d'Hortus.»

Die Nächte waren herrlich warm, regelmäßig zur Dämmerung schlief der Wind ein, der am Tag für angenehme Kühle gesorgt hatte, und die Sterne funkelten zu uns herunter. Morgens kochten Guy und ich, mittags gab es einen kalten Imbiß, am Nachmittag saßen wir als große, fröhliche Gruppe in der Arena und feierten die Sprünge der jungen, weißgekleideten *razeteurs*, wenn sie sich vor dem schwarzen Stier mit den lyraförmigen Hörnern in Sicherheit bringen mußten. Die *razeteurs* rannten wie von Furien gehetzt durch die Arena, wild nach den Kokarden an den langen, scharfen Stierhörnern greifend, um dann vor der angreifenden Bestie zu flüchten und mit einem verzweifelten Hechtsprung über die Holzbalustrade zu springen. Wir lachten und freuten uns, wenn das auf Anhieb gelang, und wir stöhnten auf, wenn einer vom Horn berührt oder gar verletzt wurde. Manchmal brach unter der Last des Stiergewichts die Balustrade aus dicken Holzbohlen ein, manchmal war ein Stier so behende, hinter die Absperrung zu springen, so daß sich plötzlich alle in Sicherheit bringen mußten. Es ist die gefährliche Bestie, die den Menschen verletzen kann, nicht umgekehrt. Hier im Midi feiert man das Nebeneinander von Mensch und Tier, es siegt keiner.

Der *razeteur* mit den meisten Kokarden bekommt einen Preis, der beste *razeteur* bekommt noch einen Extrapreis zum Ende der Saison.

Nach der Arena tafelten wir. Der Nachthimmel hatte das seidige Schwarzblau, das am Morgen von der Sonne in Gold getaucht und in Hellblau verwandelt wurde, um gegen Abend in Rosatönen aufzuleuchten und dann wieder ins Samtblau zurückzusinken, während die Sterne hell die Nacht befunkelten, als wären sie aufgeregt vor lauter Glück. Selbst Philipp und ich saßen bis weit nach Mitternacht draußen und genossen glücklich den Sommer und unseren Süden.

Zugegeben, wir waren niemals viele Menschen beim gemeinsamen Frühstück, und Philipp und mir fielen nicht nur einmal beim Kaffee die Augen zu, doch es war wie im Traum, so schön, ruhig und sinnlich. Wir saßen in der warmen Luft, im ersten Sonnenschein und schauten zu, wie im Schatten die Butter schmolz. Philipps Trauben leuchteten blaurot bis dunkelblau aus den grünen, gezackten Blättern der Reben, die Garrigue raschelte und knisterte vor Trockenheit, während ich das Gefühl hatte, daß sich wie jeden Morgen alle meine Poren mit der zunehmenden Hitze weit öffneten. Wenn mit den Temperaturen der Liebesgesang der Zikaden lauter wird, werde ich ein neuer Mensch.

«Ihr kommt nächste Woche zum Abendessen», sagte ich zu Marie de La Ville, «und anschließend gehen wir miteinander zum Ball.»

Es war eine schöne Gelegenheit, sich wieder einmal zusammenzusetzen. Unser tägliches Leben war so voll mit Arbeit, daß wir den Sommer unbedingt nutzen wollten. Für die Erholung gibt es dann später wieder einen Winter. Für die Bälle hatte man eine Showband bestellt, die den Geschmack ihrer Kunden gut kannte, und dazu half wie immer auf dem Land die Feuerwehrkapelle aus. Wir sahen Anzüge und Kleider, die in jedem Museum einen würdigen Platz gefunden hätten, wir rochen Mottenkugeln, und wir sahen Menschen mit einem Ernst und einer Hingabe tanzen, daß es mir das Herz berührte. Ich hätte sie alle umarmen können.

«Hättest du gedacht, daß Landmenschen hier so viel miteinander reden?»

Philipp schüttelte den Kopf und schaute weiter wie gebannt auf das sich bietende Schauspiel. Man ist gesellig im Midi, und man versteckt seine Gefühle nicht, man feiert die Feste, wie sie fallen. Und man kleidet sich, wie man kann. «Alles ist einfach schön», sagte Henri glücklich lächelnd. «Ich bin gern hier, ich würde niemals woanders leben wollen.»

Ich konnte ihm nur zustimmen. Pastis war hier der Aperitif, Wein wurde nur zum Essen getrunken, und jetzt war Champagnerzeit. Die Flaschen standen und lagen auf den Tischen, es kam uns vor, als würde er getrunken wie Limonade.

Vive le midi – hätte ich gern laut gesagt. Doch aus dem Mund einer Ausländerin hätte es sicher seltsam geklungen, und so verkniff ich es mir. Unsere Feriengäste mischten sich unter die Einheimischen und trugen zur Völkerverständigung bei. Philipp und ich waren da ein wenig reservierter, doch wir hatten ja viel mehr Zeit.

Aber wir hatten nicht nur unser langersehntes Dorffest, unser sommerlicher Alltag war wie ein tägliches Fest. Schließlich lebten wir Tag für Tag mit Menschen zusammen, die bei uns ihren langersehnten Jahresurlaub verbrachten – einmal im Jahr. Natürlich wollten sie es schön haben, natürlich wollten sie etwas erleben, wollten verwöhnt werden. Dazu hatten wir sie ja eingeladen, daran arbeiteten wir. Wir empfanden uns als die deutsche Schnittstelle zum Midi. Es war ein schönes Gefühl.

«Und weißt du was?» fragte mich Guy nach einem langen Abendessen.

«Was denn?» fragte ich arglos.

Es war dunkel, die Kräuter der Garrigue dufteten bis zu uns herüber, Insekten flirrten durch den Lichtschein der Laternen. Er betrachtete seinen Rotwein gegen das Licht einer Kerze, dann hob er das Glas und leerte es in einem großen Schluck.

«Da du nun bereits die passende Küche hast, eröffnest du einfach eine *ferme-auberge*, Essen auf dem Bauernhof also. Du kochst doch sowieso jeden Tag.»

«Ach, Guy, das wäre doch ein Restaurant, wer soll denn die ganze Arbeit machen?»

«Nun, wir machen es einfach gemeinsam. Und wenn wir mehr Hilfe brauchen, wenden wir uns an die Gastronomie-Fachschule, zu der ich beste Beziehungen habe. Na?»

«Ja, meinst du denn, wir könnten wirklich Gäste bekommen?»

«Wieso, es sind doch bereits welche da.»

«Ja, aber meinst du, es würden auch Franzosen kommen?»

«Die ersten laß ruhig meine Sorge sein, und die anderen

werden dann folgen.» Er schmunzelte, als er hinzufügte: «Auch Franzosen essen gern gut.»

«Es klingt verlockend, Guy. Ich möchte in Ruhe darüber nachdenken, ja?»

Eine *ferme-auberge* also. Warum eigentlich nicht?

GEGRILLTE BROTE MIT ZIEGENKAESE UND TAPENADE

12 Scheiben gegrilltes Brot • Olivenöl • 2 Knoblauchzehen • 150 g Ziegenkäse, frais-frais bis frais •4 EL glatte Petersilie, gehackt • Salz und Pfeffer
für die Tapenade: • 400 g schwarze Oliven, entsteint und mit dem Messer fein gehackt • 50 g sonnengetrocknete Tomaten, fein gehackt • 6 Anchovisfilets, fein gehackt • 2 EL Kapern, gehackt • 4 EL Olivenöl • 2 Knoblauchzehen, zerdrückt und fein gehackt • 6 EL Basilikum, gehackt • Salz und Pfeffer

Die Zutaten der hausgemachten Tapenade mische ich gut und drücke sie dabei mit der Gabel immer wieder leicht an. Ich lasse die Tapenade mindestens über Nacht durchziehen, gern auch 24 Stunden.
Vor dem Servieren grille ich das Brot, tränke eine Seite mit Olivenöl und reibe sie mit Knoblauch ab. Dann streiche ich die Käsemasse darauf und rauhe ihre Oberfläche mit einer Gabel an, damit die Tapenade nicht herunterfällt.
Dazu trinken wir unseren eigenen roten Landwein, im Sommer auch einen fruchtigen Rosé.

Angst: *Begleiter der Liebe?*

Die Mauersegler waren fort.

Sie waren im Laufe des Juli abgezogen, ohne daß ich es bemerkt hatte. Diese kreischenden Rennflieger, die den Himmel mit so viel Geräusch besetzen, hatten sich still gesammelt und unbemerkt aus dem Staub gemacht.

Mitte August kam die Schwüle, wir hatten sie kaum noch erwartet. Die Nächte waren ebenso schweißtreibend wie die sonnigen Tage. Der majestätische Pic Saint Loup war an manchen Tagen im Dunst kaum auszumachen, Philipp und ich dachten an Gewitter, die wir nur manchmal weit entfernt in den Cevennen blitzen sahen, die jedoch nicht zu uns kamen.

Es war gegen Ende August, als es zaghaft klopfte. Als ich öffnete, stand eine verlegene Aurore vor mir.

«Ich wollte schnell *bonjour* und dann gleich *au revoir* sagen», hauchte sie und schlug die Augen nieder.

«Bist du gerade erst aus den Ferien gekommen?»

«Nein, ich bin schon seit Ende Juni da.»

«Und wir haben dich gar nicht in der Arena gesehen.»

«Ach, weißt du, ich mußte so viel für das Abitur arbeiten, ich konnte einfach nicht fort.»

Errötete sie? Ich war nicht sicher. War sie meinetwegen gekommen? Nein, ihr Kommen war sicher eine heimliche Botschaft für Martin. Nach allem, was ich erlebt hatte, hätte mich dieser Besuch jetzt eigentlich nerven müssen, doch das war seltsamerweise nicht der Fall. Irgendwie tat sie mir leid, so eingespannt in das immense Pensum französischer Schüler auf der einen und der Familienmoral auf der anderen Seite. Hatte sie vielleicht Martins wegen das Haus nicht verlassen dürfen?

Nein, ich durfte mir nichts einbilden, wir lebten doch im zwanzigsten Jahrhundert. Jedoch – es war nicht zu übersehen, daß ein Teil des französischen Familienlebens wie früher war. Das hatte gute wie schlechte Seiten. Es war nicht das erste Mal, daß ich die Franzosen heimlich beneidete. Wie schafften sie es, das Gestern und das Heute scheinbar harmonisch miteinander zu verbinden und gleichzeitig den Eindruck zu vermitteln, ein glückliches Volk zu sein? Anstand ist da ein ebenso hohes Gut wie Allgemeinbildung und gutes Benehmen. Was konnte man dagegen einwenden? Das Lernen steht hier hoch im Kurs, gute Ergebnisse bei den Prüfungen werden vorausgesetzt, das Überspringen von Klassen ist ein Sport, der die Eltern stolz macht.

«Jetzt kommt das letzte Schuljahr, gehst du wieder nach Aix?»

«Ja, in der nächsten Woche. Aix ist schön, ich bin gern dort.»

Ich war nicht sicher, ob sie überhaupt Gelegenheit hatte, die Stadt zu sehen. Vielleicht gemeinsam mit Freundinnen, wenn eine auf die andere aufpaßte?

«Es ist schade, daß wir dich in den Ferien gar nicht gesehen haben.»

«Ich bedaure es auch. Vielleicht im nächsten Jahr, nach dem Abitur.»

Sie war höflich.

«Kann ich dir etwas anbieten?»

«Ja, gern, ein Glas Wasser.»

Als ich das Wasser auf den Tisch stellte, fragte sie:

«Und Martin geht es auch gut, dort in Hamburg?»

Sie war also informiert.

«Sehr gut.»

«Wird er überhaupt zurückkommen?»

«Ich denke ja, Aurore, ich hoffe es.»

«Ich auch.»

Das war für ihre Verhältnisse mehr als deutlich, es war außerordentlich mutig, und plötzlich hatte ich Angst, daß sie enttäuscht würde.

«Er hat dort eine Freundin, nicht?»

«Ja.»

«Ist es ernst?»

«Ich glaube ja.»

Diese Fragen zu stellen, mußte sie sehr viel Überwindung gekostet haben. Sie schaute mich nachdenklich an, ich las Angst in ihrem Blick. Ich umarmte sie zum Abschied sehr fest, ich konnte gut verstehen, daß Martin sie mochte, obwohl ich böse auf ihn war. Was hatte er angerichtet? Er war doch sonst so ernsthaft.

Aus Hamburg kamen weiterhin positive Meldungen. Die Schule hatte begonnen, und er fand sich schnell wieder zurecht.

«Erst denkt man, daß man ohne das Licht, ohne die Sonne und die Wärme nicht leben kann», schrieb er. «In dem einen Jahr ist mir der Midi so nah gekommen, daß ich wirklich dachte, ich könnte nie wieder im Norden leben. Aber glaube mir, kaum war ich wieder hier, kaum stand ich wieder einmal im feuchtkalten Nordwestwind, da fühlte ich mich zu Hause. Es ist offenbar nicht die Wirklichkeit, es ist die Vorstellung, die einen schreckt.»

Er kam mit den Lehrern zurecht, man hatte ihn ohne Probleme angenommen, und nun lernte er fleißig für sein Abitur. Ich stellte mir vor, wie die beiden, Mareike und er, mit rauchenden Köpfen einander am Schreibtisch gegenübersaßen, auf ihren Stiften kauten und schrieben und lernten, schrieben und lernten … Ich hätte mir keinen Tisch vorstellen sollen,

Mareike und er lernten auf dem Fußboden, im Liegen. Nun denn, in dem Alter kennt man halt noch keine festen Regeln.

Mit dem 1. September änderte sich fast schlagartig das Licht, es war weißer, weniger golden. Es war warm. Der Sommer war vorüber, und das erste Mal seit zwei Monaten hatten wir zwei freie Ferienwohnungen. Und ich hatte plötzlich das Bedürfnis nach Ruhe und Erholung. Ich träumte davon, mich in die Sonne zu legen, meine Zehen in den losen Sand eines Strandes zu bohren, wieder ein gutes Buch zu lesen und mich auszuschlafen. So lange im Bett liegen können, bis man von allein aufwacht.

Ich setzte mich hin und dachte nach. St. Martin konnte leicht zur Belastung werden. Wir hatten von Martins Anwesenheit profitiert, doch nun war er fort. Claude würde bleiben, aber was wäre, wenn Sabine und Gerhard plötzlich keine Lust mehr hätten, hierzubleiben, was wäre, wenn sie sich trennten und das Leben hier nicht mehr ertragen würden? Ich hatte nie daran gedacht. Ich mußte etwas für die beiden tun, unbedingt, ich mußte sie unterstützen, ihnen helfen, wenn ich konnte.

«Es wird ruhiger», sagte ich zu Sabine. «Wie wäre es, wenn du in Zukunft gemeinsam mit Gerhard auf die Märkte gehst? Ihr seid jung, ihr müßt mal raus, auf diese Weise kommt ihr wenigstens wöchentlich zweimal in die Stadt.»

Sabines Gesicht leuchtete auf, ich hatte ins Schwarze getroffen. Daß mir die Stadtbesuche selbst lieb und wert waren, unterschlug ich. Ihr Mund verzog sich zu einem glücklich staunenden Lächeln.

«... und mittags geht ihr dann in eines der netten kleinen Restaurants und eßt etwas Schönes, und wenn ihr noch einen kleinen Stadtbummel machen wollt, dann gönne ich euch auch den. Ja?»

Sie fiel mir um den Hals.

Ich gestehe es, mir war mit einem Mal klargeworden, was ich ganz persönlich an ihnen hatte. Ich konnte mich immer auf sie verlassen, jederzeit. Doch ohne sie wären Philipp und ich für immer hier gefangen. Kein Kurzurlaub, keine Wochenenden in der Stadt mehr, kein Beauduc.

Und außerdem wollte ich gern Anna in die Schule bringen. Ich stellte mir vor, daß es interessant wäre, die anderen Eltern zu treffen. Sicher wohnten hier in der Gegend viele nette Menschen – warum sollte ich sie nicht kennenlernen können? Mir schien, daß das Landleben für die Franzosen kein großes Problem ist, denn immer ist irgend jemand aus der Familie da, doch wir, die Ausländer, hatten nur uns selbst.

Anna ging in die Schule, doch leider nicht freiwillig. Sie wollte bei Claude bleiben, und so gab es jeden Morgen ein Drama mit Tränen. Von den anderen Eltern wurde ich nur schräg angeschaut, von Kontakten keine Spur. Es geschah mir selbstsüchtigem Wesen recht.

«Sie spricht kein Französisch», sagte die Lehrerin, «sie nimmt zu niemandem Kontakt auf. Sie ist immer allein und traurig. Was hat sie denn?»

«Ich verstehe dort niemanden, sie sprechen alle Französisch», erklärte Anna.

Und dann sagte Claude: «Man soll Kinder nicht zwingen.»

Doch ich unterstellte ihm, daß er auch nur selbstsüchtig war, und brachte Anna weiter in die Schule.

Wir meinten, sie auch gar nicht gebrauchen zu können, denn gerade begann die Weinernte, und niemand hatte Zeit, sich um ein widerspenstiges Kind zu kümmern. Guy und seine Großfamilie belegten die für sie reservierten Ferienwohnungen und begannen mit ungeheurer Energie Weinernte und Familientreffen gleichzeitig. Tagsüber wurde gearbeitet, abends wurde erst gekocht und dann endlos gegessen. Und wir waren eingeladen. Ich fragte mich immer wieder, woher sie die Kraft nahmen, doch ich fragte mich nicht allzu deutlich, denn wir profitierten enorm von ihnen.

Die Luft schien an manchen Tagen bereits morgens vor Fleiß zu dampfen, die Mittagsmahlzeiten waren deftig und aufbauend, die Stimmung eindeutig fröhlich und ausgelassen. Halt so, wie man sich eine Weinernte im Süden vorstellt, eine familiäre allemal. Immer wieder dankte ich unserem Schicksal, daß es uns wieder zur richtigen Zeit die richtigen Menschen geschickt hatte.

Der letzte Anhänger Trauben war vom Hof gefahren, als ein unerwartetes Problem bei mir in der Küche stand:

«Gerhard sagt, er will doch abreisen.»

«Gerade wollte er doch bleiben und mit dir das Zusammenleben üben.»

Nahm das denn nie ein Ende?

Als ich sah, daß Sabine weinte, nahm ich sie in den Arm und sagte ihr, was mir gerade so einfiel:

«Manches Glück währt eben nicht ewig, Sabine. Bis heute warst du mit ihm glücklich, morgen behältst du wenigstens das als schöne Erinnerung.»

Und gleichzeitig fragte ich mich, ob ich mich mit einem derartigen Satz zufriedengeben würde. Die widerliche Beschwörung der Nostalgie. Das war alles falsch, völliger Quatsch. Wie wäre ich denn, wenn Philipp mir dasselbe sagen würde?

«Ja, ja, ich weiß», schluchzte sie, «aber ich kann mir ein Leben ohne ihn einfach nicht mehr vorstellen. Ich bin so glücklich, in jedem Moment, und dann schaue ich ihn an, und er ist auch wirklich da, direkt neben mir. Aber jetzt ...»

Meine Güte, es war wirklich ernst. Mir war klar, daß ich dieselben Worte auch über Philipp sagen könnte. Und dann kribbelte es in meinem Kopf, so wütend wurde ich. Die Wut saß mir im Hals, quer. Schon ließ ich Sabine los und lief ohne ein Wort der Erklärung hinüber zu Gerhard und riß seine Tür auf.

«Was fällt dir eigentlich ein?» schrie ich ihn an, «Sabine so zu behandeln? Erst sagst du, daß du sie liebhast, und nur einige Wochen später sagst du ihr, du möchtest fort. Findest du das richtig, jetzt, wo sie ein Kind von dir erwartet?»

Er starrte mich sprachlos an, mit weit aufgerissenen Augen, und im selben Moment hätte ich mich ohrfeigen können für diese schreckliche Notlüge. Na, ich würde meine Quittung schon noch bekommen.

«Geh und kümmer dich um sie!» schleuderte ich ihm entgegen, «und wenn dir etwas an ihr liegt, dann sag ihr verdammt noch mal, daß du sie liebst!»

Wegen meiner schamlosen Lüge, mit der ich ihn nur verletzen und aus seiner blöden Reserve hatte locken wollen, erfaßte mich ein Schwindel, daß ich dachte, ich müßte ohnmächtig werden. Ich knallte seine Tür zu und wollte zurück in meine Küche, da sah ich Sabine. Sie war mir gefolgt, leichenblaß, starr. Es geschah mir recht, sie hatte alles gehört, ich hatte ja auch laut genug geschrien. Was war bloß in mich gefahren?

«Charlotte, woher weißt du ...?» flüsterte sie tonlos.

Da hielt ich es nicht mehr aus und rannte schluchzend zu Philipp und seinen Ziegen. Ich brauchte Trost, ganz dringend, auch wenn ich selbst schuld war. Und er nahm mich einfach in den Arm und hielt mich ganz fest, sagte lange Zeit gar nichts.

«Du brauchst Ruhe, Charlotte», flüsterte er mir nach einer Weile ins Ohr. «Wir müssen mal wieder nach Montpellier, meinst du nicht auch?»

Ich konnte nicht antworten.

Ich konnte Gerhard und Sabine erst einmal auch nicht in die Augen schauen, als sie mir beim Essen gegenübersaßen. Ich spürte allerdings, daß sie mich auch nicht anschauen mochten. Es war eine Schreckensatmosphäre.

«Hat sich euer Problem klären lassen?» fragte ich, weil ich es nicht ertragen konnte, alles unbesprochen zu lassen.

«Ich werde Vater», sagte Gerhard.

Als ich seine Stimme hörte, schaute ich auf. Er strahlte, er leuchtete, er war so stolz. Damit hatte ich gar nicht gerechnet.

«Und euer Problem?» beharrte ich. «Es gibt nämlich auch abwesende Väter.»

«Natürlich bleibe ich.»

Als wäre es die selbstverständlichste Sache der Welt.

Ich schaute zu Philipp. Waren wir auch so, als wir jung waren, schwankend und sicher zugleich? Ich wußte es nicht mehr.

«Waren wir auch so?» fragte ich ihn, als wir endlich allein waren.

«Ich liebe dich, Charlotte», sagte er, «mit dir würde ich bis ans Ende der Welt gehen.»

Vielleicht war das nicht die richtige Antwort, doch er hatte ins Schwarze getroffen, wieder einmal.

KANINCHENRUECKEN MIT ZIEGENKAESE UND OLIVEN

2 entbeinte Kaninchenrücken • 2 Stücke Crépine (Magenhaut vom Schaf) • 100 g schwarze Oliven, entsteint und grob gehackt • 2 Kaninchenlebern • 1 gehackte Zwiebel • 150 g Ziegenkäse, frais • 1 Glas Weißwein •

1 EL Estragon, grob gehackt • Salz und Pfeffer • 20 cl dickflüssige Crème fraîche • 1 EL Olivenöl • 20 möglichst frische Luques (grüne Midi-Oliven)

Die beiden Crépines breite ich auf der Arbeitsplatte aus, darauf lege ich flach die Kaninchenrücken. Darauf lege ich flach je eine Leber und die Hälfte des Ziegenkäses mit den Oliven, schließe alles gut und binde es fest zu mit Küchenband.

In einem irdenen Schmortopf erhitze ich das Olivenöl, darin dünste ich die Zwiebel an, gebe dann die Kaninchenrücken hinzu, würze und lasse sie 15–20 Min. bei ca. 180° leicht bräunen. Dann schließe ich den Topf. Nach 10 Min. gieße ich den Wein an, gebe die Luques, den Estragon und die Crème fraîche hinzu und lasse alles im geschlossenen Topf noch einmal 10 Min. schmoren.

Zum Servieren entferne ich das Band und schneide die beiden Rücken wie einen Braten in Scheiben.

Dazu trinken wir einen vollmundig-fruchtigen roten Faugères aus Laurens, Hérault.

Kommen und gehen

«Kann ich mit euch sprechen?» fragte Gerhard.

Philipp nickte, und ich dachte: O nein, nur nicht schon wieder ein Problem! Ich war halt ein gebranntes Kind.

«Ich würde ja wirklich gern in St. Martin bleiben», sagte er, «aber die Ferienwohnungen sind alle ausgebaut, bald gibt es gar nichts mehr zu tun für mich. Ich kann doch nicht drei oder vier Monate Kurse geben und den Rest des Jahres nur untätig herumlaufen.»

Er hatte recht. Wir hatten ihm nie Perspektiven geboten, wir waren zu sehr mit uns selbst beschäftigt.

«Also, wir sind froh, daß du bei uns bist, Gerhard, wirklich. Du hast uns Glück gebracht, als erster, und wir mögen dich.»

«Danke, ihr seid sehr lieb zu mir. Ich bin euch sehr, sehr dankbar für alles, was ihr für mich getan habt. Ihr seid wie eine Familie zu mir, ich hätte das nie für möglich gehalten. Aber irgendwie muß es doch auch weitergehen, und ich kann ja nicht ein Leben lang bei euch unterschlüpfen. Versteht ihr das?»

Da hatte ich eine Idee:

«Wie wäre es denn, wenn du bei uns bleibst und in der Zeit ohne Gäste deine Pantomime machst? Du fährst in die umliegenden Orte, wir machen vielleicht sogar Termine in den Schulen, und du führst deine Kunst vor.»

«Und du meinst, das ginge?»

«Du weißt doch, daß die Pantomime keine Sprache braucht, das hast du mir doch selbst gesagt, als ich dich auf der Landstraße aufsammelte.»

«Warum bin ich denn nicht von allein darauf gekommen?» fragte er fassungslos. «Und ihr wollt mich wirklich behalten?»

«Ja, wir finden, du gehörst zu uns.»

Er umarmte und küßte Philipp und mich, und ihm Hinausgehen sagte er leise: «Ich werde Vater, ich bleibe in St. Martin, unser Kind wird hier zusammen mit Anna aufwachsen, und ich mache meine Pantomime. Ich habe es gut getroffen.»

Recht hatte er, eigentlich.

«Anna fehlt mir», maulte Claude, «und den Ziegen auch. Muß sie denn wirklich jeden Tag in die Schule gehen? Und mittags ißt sie auch noch in der Kantine, obwohl hier herrlich gekocht wird.»

Er war völlig geknickt. Sie fehlte ihm sogar bei den Mahlzeiten, denn sie saß neben ihm. Wir waren sicher, sie würde schneller Französisch lernen, wenn sie mittags mit den anderen Kindern in der Kantine essen würde. Es war traurig, daß Claudes Tochter keine Kinder hatte, denn er war der perfekte Opa. Mit der kleinen Anna war sein Leben so sehr bereichert worden, daß er nach den vielen einsamen Jahren nicht mehr auf sie verzichten wollte. Aber sie lebte in Frankreich, sie mußte Französisch lernen, basta.

Als ich Claude zu seinen Ziegen gehen sah, hatte ich Angst, er würde krank werden, so gebrechlich und alt wirkte er plötzlich.

«Sie spricht einfach nicht», empfing mich die Lehrerin jeden Tag.

Sie sprach nicht, aber sie hatte doch noch Zeit.

«Sie spielt auch nicht mit den anderen Kindern.»

Wie auch, wenn sie nicht sprechen konnte?

«Gefällt es dir nicht in der Schule, Anna?»

«Nein, ich bin lieber bei Claude und den Ziegen.»

«Aber Menschen müssen etwas lernen, Anna.»

«Ich weiß», sagte sie und starrte düster vor sich hin.

«Claude ist schon alt, er wird vielleicht nicht immer dasein. Aber du, du mußt jetzt für dein Leben lernen, Anna.»

«Ich weiß.»

Sie wimmelte mich nur ab.

«Bei Schule oder Ziegenhüten entscheiden sich nicht alle für die Schule», sagte Sabine. «Aber es muß sein, und fertig.»

«Ich mag die Schule nicht», sagte Anna, «ich möchte bei Claude sein.»

Claude fuhr sich mit den Fingern durch die weißen Haare. «Ich weiß, die Schule muß sein, aber sie fehlt uns trotzdem, den Ziegen und mir.»

Er sah so traurig aus, ich hätte ihn am liebsten in den Arm genommen.

«Ich schlage vor», sagte ich beim Abendessen, «daß wir Anna noch ein halbes Jahr aus der Schule nehmen.»

Ich war die Probleme leid, ich konnte es einfach nicht länger ertragen, lange Gesichter zu sehen.

«Meinetwegen ...», ließ sich Sabine vernehmen.

Ich wußte, sie würde alles tun, damit es Anna gutging. Die Schwangerschaft bekam Sabine gut, sie war rosig, sah ausgeglichen aus, von innen leuchtend, madonnenhaft.

«Aber im März muß sie hin, da lasse ich nicht mehr mit mir reden. Wenn sie nicht Französisch lernt, wird sie nichts als Probleme haben.»

Mütter können manchmal härter sein als alle anderen.

Anna bedankte sich nicht, als sie von der Entscheidung erfuhr, Claude bedankte sich ebenfalls nicht, doch er wischte sich eine Träne aus dem Augenwinkel. Und ich hatte einen dicken Kloß im Hals, als ich die beiden mit den Ziegen langsam in die Garrigue wandern sah. Sie ließen sich Zeit, Claude hielt Annas Hand, sie schauten nicht zurück.

Und dann regnete es Anfang November eine ganze Woche lang, fast ununterbrochen. Plötzlich fiel uns auf, in welchem Luxus von Licht wir vorher tagtäglich gelebt hatten. Jetzt dagegen wurde es den ganzen Tag nicht richtig hell. Es war nicht kalt, es regnete nur den ganzen Tag, die ganze Nacht. Das Wasser suchte sich gurgelnd, plätschernd und rauschend seine Wege, nahm Sand, Blätter und Äste mit und verschwand. Wir wurden nicht überschwemmt.

Plötzlich stand Anna in der Tür.

«Claude ist schlecht, er hat sich ins Bett gelegt.»

Ich nahm Anna bei der Hand und ging hinüber in Claudes Wohnung. Sein Gesicht war sehr blaß, fast weiß. Ich sah mit einem Blick, was los war, ich weiß selbst nicht, warum. Anna setzte sich neben sein Kopfkissen und strich ihm über das weiße Haar.

«Ich bin sehr müde», sagte er sehr leise, sehr sanft. «Ich werde gehen müssen.»

«Soll ich einen Arzt holen?» fragte ich und setzte mich zu ihm, doch er schüttelte den Kopf.

«Bleibt bei mir», flüsterte er und nahm meine Hand. «Ihr seid meine Familie.»

«Kann ich etwas für dich tun, Claude?»

«Nein, bleibt nur bei mir. Wir gehören zusammen, irgendwie.»

«Il est très fatigué», sagte Anna leise, «er ist sehr müde.» Und mir fiel in dem Moment gar nicht auf, daß sie Französisch sprach. «Er hat mir gesagt, er wird jetzt in ein großes, weites Land gehen, wo sich alle wiedertreffen. Seine Frau ist schon da und sein Hund auch.»

«Tu vas sûrement revoir ton épouse, Claude, et ton chien – du wirst ganz sicher deine Frau und deinen Hund wiedertreffen.»

Erst jetzt merkte ich, daß sie nicht Deutsch sprach.

Sie strich ihm sehr sanft über den Kopf und küßte seine Stirn.

Anna konnte Französisch sprechen, und Claude starb. Die Tränen liefen mir über die Wangen, es war mir gleichgültig.

«Nicht weinen», sagte Claude, «ich bin müde, ich gehe nur nach Hause. Jeder geht einmal nach Hause.»

Er nahm meine Hand. «Du mußt Martin umarmen. Er gehört hierher, es ist seine Heimat.»

Er nahm auch Annas Hand, und dann schloß er die Augen, und ich spürte, wie er aufhörte zu atmen.

Er sah sehr zufrieden aus.

Anna und ich saßen lange an seinem Bett, wir weinten und sagten nichts. Es war eine friedliche, sehr harmonische Stille, wie wenn alles gesagt ist. Von einer solchen Stille träumt man sonst nur.

Wir wachten über seinen Heimweg.

«Morgen gehe ich in die Schule», sagte Anna, als wir vom Friedhof zum Auto gingen. Sie sagte es auf französisch, sie hatte Claudes Akzent.

«Ich habe mit Martin gesprochen», sagte Gerhard feierlich, «ich werde mich um Claudes Ziegen kümmern.»

Sabine schaute Gerhard an, dann mich, und ich verstand.

«Claude, siehst du mich?» flüsterte Anna sehr leise und schaute angestrengt in den Himmel, und dann fragte sie mich:

«Was meinst du, Charlotte, kann er uns sehen?»

Annas Stimme war unerwartet klein, sie klang ängstlich.

«Natürlich, Anna. Er schaut dir zu.»

«Meinst du, er sieht mich?» Sie schaute mich zweifelnd an und fügte hinzu: «Ich bin doch noch so klein.»

«Ich habe gehört, die Kleinen sieht man von dort oben am besten.»

Warum sollte ich es eigentlich nicht so sagen?

«Meinst du, er wird mich nie vergessen? Ich vergesse ihn doch auch nicht.»

Die großen, fragenden Augen, die sich langsam mit Tränen füllten, mit sehr großen Tränen, die wichtigen Fragen des Lebens.

«Niemals wird er dich vergessen, Anna.»

«Ich glaub, er war mein Opa», flüsterte sie.

Im Kamin heulte der Wind. Ob derselbe Wind in Hamburg, bei uns und im Himmel wehte?

KUERBISGRATIN MIT ZIEGENKAESE

600 g Kürbis • 1 Eigelb • 8 cl flüssige Sahne • 200 g geriebenen Ziegenkäse • 1/2 Würfel Geflügelbouillon • 1 TL Butter • Muskat, frisch gerieben • 1/2 TL Rohzucker • Salz, Pfeffer

Den Kürbis schneide ich in Stücke wie eine Melone. Die Stücke schäle ich, dann teile ich sie in Viertel, diese in Drittelstücke. Die Drittel schneide ich in dünne Scheiben, mit denen ich eine Gratinform auslege, lege eine gute Handvoll auf die Seite. Ich salze und pfeffere sie und bedecke sie mit einer Mischung aus 100 g Käse, der Sahne, Salz und Pfeffer, reichlich Muskat, der Geflügelbouillon und der Butter, dann dekoriere ich mit den restlichen Kürbisscheiben und bedecke alles mit der zweiten Hälfte Käse und bestreue die Oberfläche mit dem Rohzucker. Sobald das Gratin goldbraun wird, nehme ich es heraus, würze mit Salz und weißem Pfeffer und serviere es heiß.

Guy und die Ferme-Auberge

Zum Glück waren die meisten Bäume und Büsche der Garrigue immergrün, und die Pinien schienen jetzt noch grüner zu leuchten als im Sommer. Trotzdem empfand ich den Winter als trostlos, ich fror, als ich abends im Wohnzimmer saß und las.

«Meine Güte, Charlotte, erinnere dich doch, wie kalt es in Hamburg war.»

Philipp schaute mich mißbilligend über seine Lesebrille an.

«Ja, man brauchte sehr warme Kleidung, man schlug die Kragen hoch und setzte eine Mütze auf, man zog Handschuhe an und band sich einen breiten, wärmenden Schal um, und trotzdem fror man. November und Dezember waren die schlimmsten Monate, denn es war feuchtkalt, um null Grad. Es wurde den ganzen Tag nicht richtig hell, und es gab so viele Grautöne am Himmel wie Wellen auf der Nordsee.»

Ich mußte lachen, es war immer derselbe Dialog.

«Hier frieren wir zwar auch, aber südlicher, nicht?»

«Ich weiß, der Himmel ist blau, und der Mensch ist ein lichtsüchtiges Wesen. Und Licht haben wir reichlich, nicht wahr?»

Es war jedoch nicht das Wetter, das mich unzufrieden machte, es war die Leere. Wir hatten seit dem Mai ungeheuer viel gearbeitet, und plötzlich war Schluß. Im Sommer war ich nur ein einziges Mal zum Nachdenken gekommen, nach Martins spontaner Abreise, doch danach gab es Arbeit ohne Ende. Die Gäste waren fort, die Wohnungen verschlossen. Martin war in Hamburg, Claude fehlte mir mehr, als ich es mir vorher hätte vorstellen können, und Sabine und Gerhard waren mit sich selbst beschäftigt. Die Portionen, die ich zu kochen hatte, paßten in kleine Töpfe und Pfannen. Plötzlich war gar nichts mehr, nur noch Stille. So mußten sich die Kinder fühlen, wenn die zehn Wochen Sommerferien begannen. Anfangs hatte ich die Ruhe ja noch genossen, mich täglich mehr erholt, aber dann …

«Du vergißt, mir vorzuhalten, daß wir endlich dort sind, wo die europäische Kultur begann, und ich bin undankbar.»

Zum Glück reagierte er darauf nicht mehr. Im Laufe von jetzt 21 Jahren Ehe hatten wir beide gelernt, Streit zu vermeiden, mal der eine, mal der andere.

Seit einiger Zeit brachte ich Anna in die Schule. Doch ich hatte mich getäuscht, denn die dort besprochenen «Frauenthemen» schienen irgendwie nicht zu meinem Leben in St. Martin zu passen.

«*Bonjour, ça va* – wie geht's?» und «*Bonne journée*, schönen Tag», das war alles, was mir von den erhofften Kontakten blieb.

Trotz des häufig hellen Wetters, trotz des reichlichen Lichts drohte ich in einer herbstlichen Depression unterzugehen. Tag für Tag mußte ich strampeln, um meine Stimmung wenigstens über die Nullmarke zu bekommen – das kostete mich ungeheuer viel Kraft. Und wieder einmal war es Guy, der mich aus meinen trüben Gedanken und Gefühlen riß. Unter seinem Arm schleppte er einen Stapel Papiere herbei.

«So, ich habe alles beisammen!» rief er überschwenglich, und dann riß er mich an sich und küßte mich schmatzend. Links, rechts, links.

Lautstark knallte er die Papiere auf den Tisch und hieb nicht minder geräuschvoll mit der flachen Hand darauf.

«Deine *ferme-auberge*, Charlotte!»

Essen auf dem Bauernhof – ich hatte seinen Vorschlag vom Sommer fast vergessen.

«Ich habe alle Unterlagen beschafft, die man braucht, um alles zu beachten, korrekte Anmeldung, Hygienevorschriften, Kontrollen, Steuervorschriften, feuerpolizeiliche Vorgaben, einfach alles.»

Er war stolz auf sich und strahlte mich an. Ich konnte nicht anders, ich strahlte zurück.

«Kaninchen sind einfach ein Muß, Charlotte, und dann solltest du einige Gänse und Enten haben, Ziegenkäse, Honig und Wein. Ach ja, und Hühner natürlich, die legen Eier, und dann ...»

«Worum geht es eigentlich?» fragte Philipp irritiert.

«Guy schlägt mir gerade vor, mit ihm eine *ferme-auberge* aufzumachen.»

«Hm, das ist eine interessante Idee ...»

«Ach, keine Angst», sagte Guy, als hätte jemand widersprochen, «alles wird jetzt einmal durchgeplant, ja? Wir stellen erst einmal einen generellen Plan auf, dann werden wir schon klarer sehen.»

Um auch wirklich die Kraft zu haben, bis an diesen Punkt zu kommen, tischte ich Ziegenkäse, Wurst, Tomaten, Brot und Rotwein auf. Wasser war selbstverständlich. Guy hielt mitten in der Handbewegung inne, mit der er nach dem Brot greifen wollte, schaute mich prüfend an und sagte:

«Sag mal, hast du überhaupt Lust, eine *ferme-auberge* zu machen?»

Ich konnte nicht anders, ich mußte lachen.

«Ja, vermutlich. Aber bei dir muß man vorsichtig sein, daß man sich nicht zu sehr von deiner Begeisterung anstecken läßt. Ich muß das ja auch noch alles schaffen können. Ein oder zwei Kaninchenställe können sicher nicht schaden, aber ...»

«Ach, ist dir der Winter denn nicht langweilig?»

Und damit hatte er mein momentanes Problem direkt erwischt.

«Doch, Guy, und ich finde die Idee sehr, sehr verlockend. Aber ich fühle mich auch ein wenig überrumpelt, wenn du gestattest.»

Mit einem Mal wirkte er schuldbewußt. Er stand auf, faltete die Hände vor seinem Bauch und fragte mich mit betont feierlicher Stimme:

«Charlotte, Madame, würdest du mit mir zusammen eine *ferme-auberge* aufmachen?»

Mir war, als hätte ich lange genug überlegt:

«Ja, mit dir jederzeit. Allein – ich weiß nicht, aber mit dir: Ja!»

Er trat einen Schritt auf mich zu, nahm meinen Kopf zwischen beide Hände und küßte mich schmatzend auf den Mund.

In diesem Moment stand Philipp auf und sagte im Hinausgehen: «Ich glaube, ich sollte mich noch ein wenig um die Ziegen kümmern …»

Es klang, als wäre er eifersüchtig.

«Philipp?»

«Ja.»

«Es geht um eine *ferme-auberge.*»

«Ah, ja? Prima.»

Und dann ging er.

Er war doch nicht etwa eifersüchtig auf den dicken Guy, auch wenn er immer herzlich, freundlich und fröhlich war und mein Essen lobte? Das war doch lächerlich.

«Wir gehen ihm nach», forderte ich Guy auf. «Er ist mein Mann, er muß auch dafür sein.»

«Essen auf dem Bauernhof?» fragte er mich dann im Ziegenstall auf deutsch, «so ein Landrestaurant im Wohnzimmer?»

«Eine *ferme-auberge*, ganz richtig, nur nicht im Wohnzimmer.»

Er überlegte nicht sehr lange.

«Gut, wenn ich den Kaninchen nicht in der Dämmerung den Löwenzahn stechen muß und wenn ich ein Anrecht auf den Stammtisch bekomme – meinetwegen. Es könnte sogar eine hervorragende Idee sein.»

Nein, wir stießen nicht darauf an, und Guy küßte ihn auch nicht, sondern wir gingen wieder ins Haus und setzten uns an den Tisch, um Guys Unterlagen durchzusehen. Und schon waren wir alle drei mittendrin: Wir prüften, schlugen vor, machten Notizen, und als wir aufschauten, hatte unser Landgasthaus bereits Form angenommen.

«Ihr seht, es ist alles ohne zusätzlichen Aufwand möglich», sagte Guy. «Die Küche ist ja zum Glück bereits vergrößert. Es müßte vielleicht noch eine gesonderte Toilette gebaut werden, und dann muß ein Eßraum ausgestattet werden, aber dann könnte es losgehen.»

«Ich fürchte, ich muß meinen Gemüsegarten vergrößern.»

«Wir könnten genausogut bei einem unserer Bionachbarn Gemüse hinzukaufen. Das vermindert unser Risiko, und er hat einen Kunden mehr. Das verbindet.»

Und schon ging Philipp in die Küche, den kalten Champagner holen. Wir hatten einen Partner. Seit seine Frau gestorben war, beschäftigte er sich ohnehin nur noch mit Kochen und Essen, und nun hatte er wieder eine Aufgabe.

«Und macht euch bitte keine Sorgen», sagte Guy, nachdem wir klingend angestoßen hatten, «wenn es uns zuviel wird, kann ich immer Praktikanten von einem *lycée* der Gastronomie bekommen. Ich habe da allerbeste Beziehungen, wie ich schon einmal erwähnte. Und für alles andere gibt es auf dem Land noch mehr Arbeitslose als in der Stadt. Es wird schon gehen.»

Beim Abendessen berichteten wir Sabine und Gerhard von unserer Idee. Als Anna hörte, daß Guy von nun an täglich nach St. Martin kommen würde, an manchen Tagen vielleicht gar hier übernachten würde, bekam sie sehr große Augen. Ich wußte, sie mochte ihn schon immer, doch nun sah ich, daß sie bereit war, ihm einen kleinen Teil von Claudes Platz in ihrem Herzen zu überlassen.

Unser zweites Jahr neigte sich seinem Ende zu, es war ein erfolgreiches. Wir hatten neue Pläne, und alles schien gefestigt, solide. Der Himmel war blau, die Sonne schien, und es wehte ein kalter Wind. Martin schrieb aus Hamburg:

«Mareike und ich sind uns sehr nah, das hilft mir beim Arbeiten, wirklich.» Sabine und Gerhard liebten sich, das spürte man deutlich. Das werdende Kind und Gerhards Entscheidung bescherten ihnen eine ansteckende Innigkeit. Anna ging in die Schule und sprach fließend Französisch. Olli lernte gerade, die Ziegen in Ruhe zu lassen, er wartete täglich um fünf Uhr auf Anna.

Ein Winter im Midi.

LAMMKEULE NACH DER WANDERUNG

1 frische Lammkeule von ca. 2 kg • 2 Zweige frischer Rosmarin • 4 Zweige frischer Thymian • 5 Blätter frischer Lorbeer • 1 unbehandelte Zitrone • 1 TL schwarzer Pfeffer, grob zerstoßen • 5 EL hochwertiges Olivenöl

Diese Lammkeule gare ich im Backofen bei 80°. Ja, bei genau 80°, das ist das Roastbeef-Prinzip. Und wenn es nötig ist, lasse ich sie auch zwölf und mehr Stunden bei dieser konstanten Temperatur im Ofen. Sie wird immer rosa bleiben und sich nicht weiter verändern. Diese Art der Zubereitung ist ideal, wenn ich nicht weiß, wann die Gäste ankommen, oder wenn man einen Ausflug macht.

Ich gebe die Keule in einen großen Tiefkühlbeutel, dann verteile ich den Rosmarin, den Thymian und den Lorbeer um sie. Von der Zitrone schneide ich die Schale ab und schneide die Frucht in Scheiben; beides gebe ich ebenso in den Beutel wie den Pfeffer. Den Beutel verschließe ich und bewahre in 24 Stunden kühl auf, doch auch 48 Stunden sind möglich. Danach brate ich die Lammkeule ohne die Marinade und ihre Zutaten gründlich an, gebe alles unter ein Bett aus gewürfelten, sehr reifen Tomaten, lege die Lammkeule obenauf und lasse sie bei 80° mindestens zwei Stunden garen.

Besinnliche Vorweihnachtszeit

Daß Weihnachten ein nostalgisches Fest ist, an dem man sich an die Kindheit erinnert, an all die Lieben, liegt sicher daran, daß gerade der Advent in die lichtloseste Zeit fällt. Hier im Midi will sich jedoch keine rechte Weihnachtsstimmung einstellen. Man kann sich nicht einmal auf die Supermärkte verlassen. Die Weihnachtsmänner sehen aus wie verkleidete Dressmen, und was an Zubehör verkauft wird, paßt hervorragend zu den knallbunten Glitzerbäumen, die in den Häusern in elektronischen Intervallen blinken. Gold und Silber sind hoch im Kurs, und unter Girlanden, Kunstschnee und Blitzekugeln kann man das schief gewachsene, aus Dänemark importierte Bäumchen kaum erkennen.

Wir erlebten im Dezember eine Phase extrem strahlenden, weißen Lichts, das für vieles sorgte, nicht jedoch für emotional aufgeladene Stimmung, die sich nach den flackernden Lichtern am Tannenbaum sehnte. Ich hatte zwar von Zeit zu Zeit eine Art unbestimmter Sehnsucht nach sentimentalen Gefühlen, doch ohne Anna hätte die Adventszeit für uns sicher keine Bedeutung gehabt.

«Gibt es in allen Ländern denselben Weihnachtsmann?»

«Nein, das glaube ich nicht. Die Sprachen sind doch so unterschiedlich, ich glaube, da könnte er nicht mal alle Wunschzettel lesen.»

Anna, die gerade erst schreiben lernen sollte, hatte ihre Wünsche sehr säuberlich aus den vorweihnachtlichen Spielzeugkatalogen ausgeschnitten – mit Preisen. Sie wußte, daß auch der Weihnachtsmann nicht alles bringen kann.

«Meinst du, es kommt der französische Weihnachtsmann zu mir oder der deutsche?»

«Na, ich denke doch, der deutsche wird kommen.»

«Für mich allein?»

«Ja, warum eigentlich nicht. Du bist doch wichtig, oder?»

«Ja, schon. Aber es ist ein sehr weiter Weg, das weiß ich noch.»

«Kommt er immer noch mit dem Schlitten? Auch hier, wo gar kein Schnee liegt?»

«Also, ich kann mich erinnern, daß in Hamburg auch nicht immer Schnee lag, Anna, und er kam trotzdem. Ich glaube, er fliegt mit seinem Schlitten durch die Luft.»

«Also, ich weiß nicht ...»

Sie dachte sehr angestrengt nach.

«Er und seine Rentiere, die haben doch so schrecklich viel zu tun. Wie wollen die das bloß schaffen?»

Sie dachte noch angestrengter nach.

«Und dann auch noch Südfrankreich, ich ...»

Zum Glück begriff ich, es war ein richtiges Problem, ein existentielles in dem Alter.

«Na, vielleicht wird er auch seinen französischen Kollegen anrufen und ihn bitten, ihm zu helfen. Der kommt dann am 24. Dezember, am Heiligen Abend, und die französischen Kinder bekommen ihre Geschenke einen Tag später. Für dich hat er also viel Zeit.»

«Zum Glück», strahlte sie.

Doch dann fiel ihr noch etwas ein:

«Wie soll denn der Weihnachtsmann wissen, daß ich hier bin?»

«Er weiß doch alles, oder? Und außerdem habe ich noch deinen Namen und deine Adresse auf den Wunschzettel geschrieben.»

«Kann er sich das auch alles merken?»

«Warum nicht, Anna.»

«Ich hoffe, daß er mich nicht vergißt. Oder daß er mich übersieht, weil ich noch so klein bin.»

Ihre großen, dunklen Augen füllten sich mit Tränen, sie hatte Angst, übersehen zu werden. Da hatte ich eine Idee:

«Und was ist mit Claude? Der paßt doch auf dich auf, Anna. Und ich denke, der hat alles schon mit dem Weihnachtsmann besprochen.»

Als Anna lächelte, fiel eine Träne auf ihren Kragen.

«Claude, ja.»

Bevor ich noch mehr sagen konnte, drehte sie sich um und ging hinaus. Olli, unser schwarzer Wächter, der freundliche Riese mit den überlangen Beinen, folgte ihr und schwankte dabei wie ein Kamel. Er blieb immer in ihrer Nähe.

Deutsche Kinder leben mit dem deutschen Weihnachtsmann, jetzt wußte ich es. Ich mochte mir nicht vorstellen, wie das Problem bei Mischehen gelöst wurde. Mir fielen Aurore und Martin ein, und ich hatte sofort ein schlechtes Gewissen vor Mareike. So kurz ist der Schritt zum Betrug.

Dann klingelte das Telefon:

«Wir haben am Wochenende doch noch zwei Flüge nach Marseille bekommen. Kann einer von euch Mareike und mich am Flughafen abholen?»

Martin war aufgeregt bei dem Gedanken, wieder in den Midi zu kommen. Mir schwante, daß die Würfel gefallen waren.

Das Telefon klingelte erneut. War es doch nichts geworden mit den Flügen?

«*Bonjour* Charlotte, hier ist Marie. Henri und ich haben uns gefragt, ob es euch Freude machen würde, Weihnachten mit uns zu feiern?»

Bei diesen äußerst höflichen Formulierungen mußte ich immer erst einmal überlegen, ob wir wirklich eingeladen wurden.

Und dann fügte sie leise hinzu:

«... und Aurore fragt, ob Martin nicht mitkommen möchte.»

«Liebe Marie, Philipp und ich würden uns freuen, wenn wir euch dieses Jahr zu Weihnachten verwöhnen könnten, hier bei uns in St. Martin. Darf ich euch also einen Tag vor Weihnachten zum Essen einladen?»

Ich sagte ihr nicht, daß unsere erweiterte Küche für die *ferme-auberge* gerade fertig geworden war. Es hätte auch unpersönlich geklungen, als würde ich sie ins Restaurant einladen, selbst wenn es das eigene war. Das einzige, was ich ihr wegen Anna sagen mußte, war:

«Wir Deutschen bekommen unsere Geschenke am 24. Dezember abends, das nennen wir den Heiligen Abend, da kommen entweder der Weihnachtsmann oder das Christkind.»

«Weihnachtsmann oder Christkind – was für ein schöner Brauch.»

«Ihr seid also für den 23. Dezember eingeladen, ja?»

«O ja, gern. Wir freuen uns ...»

Und die arme Aurore? Oder war es die arme Mareike? Ich mußte mich davon freimachen. Es war nicht mein Leben, nicht mein Problem. Nur das Resultat ging mich etwas an, und das mußte ich in Ruhe abwarten.

Am Sonnabend fuhren Philipp und ich nach Marseille. Wir

wollten uns diese erregende Stadt einmal genauer anschauen, bevor wir am Sonntag Mareike und Martin in Empfang nahmen. Auf dem Weg riß der Himmel auf, wir hatten wieder keinen Wind und pastellfarbenen hellblauen Himmel mit einigen hingewehten, weißen Wölkchen wie auseinandergezogene Watte.

Philipp und ich aßen auf der Terrasse eines Restaurants, in der Sonne. Der Winter hatte auch seine angenehmen Seiten.

ZIEGEN-KAESEKUCHEN MIT ZITRONENMELISSE
(6 Personen)

250 g Ziegenkäse, frais-frais • 200 g Crème fraîche • 100 g Butter • 4 Eier • geriebene Schale von 2 Zitronen • 1 Strauß Zitronenmelisse, gehackt

Das Eiweiß schlage ich sehr steif und stelle es beiseite. In einer Schüssel gebe ich die Eigelbe zum Zucker und schlage die Mischung, bis sie hell wird. Dann gebe ich den Ziegenkäse hinzu, die Crème fraîche und die geriebene Zitronenschale. Danach lasse ich die Butter schmelzen und rühre sie schnell unter die Masse. Nun hebe ich das Eiweiß und die gehackte Zitronenmelisse darunter.

Die Käsemasse gebe ich in eine gebutterte feuerfeste, glasierte Steingutform und backe sie bei 160° etwa 50 Minuten.

Dazu trinken wir einen Muscat sec aus Mireval bei Frontignan.

Friedliches Weihnachtsessen

Marseille in schönem Wetter, das war ein unerwartetes Fest für Philipp und mich. Provenzalisch, mittelmeerisch, südlich und durchtrieben – was für eine herrliche Mischung. Trotz der Unterschiede erinnerte uns diese Hafenstadt an unsere Heimat, an Hamburg.

Gerade sagte Philipp auf dem Flughafen noch: «Ich glaube, ich werde wirklich jetzt zum Landmenschen. Das hier nervt mich alles nur noch», da stürmte Mareike schon durch die Absperrung, während Martin geduldig am Gepäckband wartete.

«Ach, wie freue ich mich!»

Und damit sprang sie Philipp an den Hals, daß er fast gestürzt wäre. Dann ließ sie sich in meine Arme fallen, daß ich beinahe wie ein Baum zu Boden gestürzt wäre, wenn Philipp mich nicht aufgefangen hätte.

«Ah, ich rieche den Süden schon …»

Sie warf energisch ihre Haare nach hinten und schnupperte geräuschvoll. Philipp sagte dazu knapp:

«Ich kann leider nur fremde Menschen riechen. Aber vielleicht bin ich es ja selbst, der Süden …»

Und er roch an seiner Jacke. Ich war die einzige, die lachte. Ich muß gestehen, ich fand ihn recht schlagfertig. Bevor das Gespräch jedoch in dieser Weise weitergehen konnte, stand plötzlich Martin neben mir und umarmte mich. Martin gehörte nicht mehr nach Hamburg, nicht einmal nach Deutschland, das spürte ich in diesem Moment ganz genau. Seine Heimat war hier im Midi, in St. Martin.

Trotz der Regenwolken war der Blick auf den Flughafen am Etang de Berre, der mir groß wie ein ganzes Meer vorkam, sehr beeindruckend. Neben uns der Kalksandstein, unter uns die ins Wasser gebaute Rollbahn. Im Auto summte es von Familien- und Heimatgefühlen.

«Ich wußte gar nicht, daß mir das alles so fehlte», sagte Martin leise und starrte auf die mittelmeerische Landschaft mit ihren Zypressen und Platanen und Felsen.

«Ich fühle mich wie elektrisiert», sagte Mareike. Und genau so wirkte sie auch, doch das sagte ich ihr nicht.

Vor uns ragten schroff die Alpilles auf, jenes Gebirge, das die Rhône auf ihrem Weg in die Camargue vergessen hatte wegzuschwemmen. Als wir jedoch den Pic Saint Loup und die schroffe Felswand der Montagne d'Hortus vor uns hätten sehen sollen, war es bereits dunkel. St. Martin war um so beeindruckender, denn Sabine und Gerhard hatten in allen Wohnungen und Häusern die Lichter angemacht. Unser kleiner Weile kam uns vor wie eine ganze Stadt für sich. Und am rechten Rand ragten die drei Pinien hoch hinauf in einen letzten Streifen hellblaugolden leuchtenden Abendhimmels.

Endlich zu Hause.

Martin blickte mit großen Augen geradeaus, still und ergriffen.

Mareike rief: «Oh, bin ich froh, endlich wieder hierzusein!»

Ich schaute Martin an und sagte nichts. Und ich sah, daß auch Philipp ihn anschaute. Er sagte ebenfalls nichts.

Aber: Wie hielt Martin es aus in Hamburg? Wie würde er sein Abitur machen? Und war Mareike nur jetzt im Moment so? Und dann begriff ich plötzlich, daß sie sich wie letztes Jahr Weihnachten verhielt, verhalten mußte. Es schockierte mich, zu sehen, daß Martin und sie waren wie ein altes Ehepaar, das immer wieder in die alten ungesunden Rollen zurückfällt, zwanghaft, ohne den Folgen entgehen zu können. Ich muß gestehen, ich wußte nicht, daß Menschen bereits so jung so fertige Persönlichkeiten sein können. Diese Erkenntnis überwältigte mich und machte mir angst. Dieses Mal jedoch war Martin mit ihr aus Deutschland gekommen, im letzten Jahr war er «französischer» als jetzt.

«Können wir draußen essen?»

«Macht es euch etwas aus, wenn ich mich dorthin setze, wo ich auch aus dem Fenster schauen kann? Die Sonne scheint so herrlich.»

«Meint ihr, daß man noch im Meer baden kann?»

Alle diese Anliegen hatten ihre Berechtigung. Wenn hier oder dort die Naivität durchkam, so durfte das nicht Anlaß sein, Mareike zu kritisieren. Naivität ist wundervoll. Doch sie hatte auch eine andere Seite.

«Wir werden einen großen Komposthaufen brauchen, wegen der Regenwürmer.»

«Regenwürmer?»

«Die wollten wir doch züchten.»

«Ach ja.»

«Ich finde, die Ziegen sollten ganz umgestellt werden auf Wildkost.»

Ich war froh, daß Philipp das nicht hörte. Selbst als Neu-Landmann hatte er noch Meinungen, mit denen er bei aller Ruhe bisweilen nicht hinter dem Berg hielt.

«Mit Ameisen- und Schneckenmitteln muß natürlich dann Schluß sein.»

Es ging um meinen Gemüsegarten, doch ich hatte mich gerade entschlossen, gar nicht hinzuhören.

«Und den Wein, den kaufen die Leute? Da sind doch diese ganzen Sachen mit drin, diese Mittel, wie heißen die noch?»

Martin machte den Mund auf, wollte etwas sagen, doch er besann sich und schloß seinen Mund wieder. Ich bewunderte ihn.

«Hast du eigentlich die alten Anstriche geprüft?»

«Ach, und die Holzteile, Fenster, Türen, Fensterläden ...»

«Ist das nicht alles voller ...»

Meine Güte, es kostete mich zum Schluß einfach zuviel Kraft, das alles mitanzuhören, und ich wandte mich ab, suchte Zuflucht in meiner Küche. Würden wir bald mit Plastikfenstern wohnen müssen und mit diesen schrecklichen galvanisierten Metalltüren? Ach, ich wollte nicht ungerecht sein, wollte auch nicht unnötig kritisieren. Wir hatten uns immer eine kritische Jugend gewünscht, unsere Freunde ebenso, und nun mußten wir auch den Preis dafür zahlen. Allerdings fand ich, daß Martin ihn zwischendurch ebenfalls recht hoch fand. Er verzog manchmal sein Gesicht auf eine Weise ...

Doch dann sah ich die beiden in der Sonne stehen und in die Landschaft schauen. Mareike schmiegte sich eng an ihn, küßte ihn mit geschlossenen Augen und einer Intensität, die die Welt ringsum bedeutungslos machte. Sie liebten sich, sie war für ihn da, sie tat ihm gut – der Rest würde sich finden.

Und dann kamen Marie, Henri und Aurore, mittags, nachdem ich den ganzen Morgen zusammen mit Sabine das große Menü vorbereitet hatte. Das Wetter tat uns den erbetenen Gefallen, es war sonnig und klar, kein Wind wehte, man konnte sehr weit schauen. Die Sonne wärmte angenehm, mit einem Pullover über den Schultern konnten wir gut draußen essen. Die Maulbeerbäume hatten in der Nacht ihre letzten Blätter verloren, sie spendeten keinen Schatten mehr.

«... und das ist Mareike, Martins Freundin aus Deutschland.»

Alles Blut wich aus Aurores Gesicht, ich sah, wie ihre Augenlider einen winzigen Moment unruhig flatterten. Und da wurde mir klar: Sie hatte sich diesem Tag entgegengesehnt, hatte die Tage, die Stunden gezählt, bis sie Martin endlich wiedersehen würde. Als er sie bei den Ellenbogen nahm und ihre Wangen küßte, links, rechts, links, erinnerte mich die Haltung des Mädchens an ein sprödes Stück altes Holz, wie man es in der Garrigue findet.

Marie und Henri schienen nichts zu bemerken, auch Philipp nicht, also versuchte auch ich, die Beklommenheit zu ignorieren, die plötzlich im Raum stand.

«Ist das Martins andere Freundin?» fragte Anna.

Ich hielt vor Schreck die Luft an. Es dauerte einige Sekunden, bis mir klar wurde, daß sie Deutsch gesprochen hatte. Aurore konnte sie gar nicht verstehen, aber auch Mareike hatte zum Glück nichts gehört. Sie stand neben Aurore und fragte sie nach der französischen Schule, nach der Arbeit fürs Abitur und ihrem Leben in Aix-en-Provence. Kurz entschlossen entschied ich mich, Champagner als Aperitif anzubieten, viel Champagner.

«Lieber Henri, lieber Nachbar und Partner, wir sollten die Gelegenheit ergreifen, auf unseren gemeinsamen Wein anzustoßen ...»

Während Marie mit Sabine einige Worte wechselte, schaute ich mir die beiden jungen Frauen neben Martin genauer an. Mareike war blond, selbstbewußt, aufrecht, kritisch und laut. Aurore hingegen hatte dunkles Haar, sehr dunkle Augen und war scheu, feminin, leise und auf eine sehr feine Art präsent. Aber – mußte er sich überhaupt entscheiden?

«Wirklich schön habt Ihr es jetzt hier, Glückwunsch ...»

Marie schaute sich wohlwollend um, Aurore ließ ebenfalls ihre Augen schweifen, damit sie Mareike nicht ansehen mußte.

«St. Martin ist ein Juwel geworden, eine Insel der Harmonie.»

«Eine deutsche Enklave ...», ergänzte Martin sarkastisch.

«Ich wüßte nicht, warum wir das ändern sollten», sagte ich, und meine Worte kamen ein wenig zu spitz, wie ich fand, «wir können unsere Identität doch nicht ändern wie einen Mantel.»

«Trotzdem deutsch», sagte Martin.

Und mit einem Mal begriff ich, warum er sich verhielt wie ein Dorn im Fleisch dieser Gesellschaft. Er spürte die Dissonanz, vermutlich ganz unbewußt, und er konnte es nicht ertragen, sich in falscher Harmonie zu bewegen.

«Na und», schnappte Mareike, «was spricht denn gegen das Deutsche?»

«Ach, doch eigentlich gar nichts», versuchte Philipp einzulenken. «Wir sind zwei Nationen, die endlich dorthin gefunden haben, wo sie hingehören: Seite an Seite, in Freundschaft.»

«So furchtbar freundlich finde ich manche Franzosen gar nicht.»

Auch Mareike empfand die seltsame Stimmung, auch ihre Spannung schien zuzunehmen, und ich wünschte mich weit fort, zu einem Frauennachmittag in einem Café, bei Obstkuchen vom Blech und Kaffee.

«Also, so schrecklich freundlich sind Deutsche auch nicht, vor allem nicht im Umgang miteinander. Daran kann ich mich noch recht gut erinnern, ich hatte jeden Tag mit Kunden zu tun. Dagegen finde ich die Höflichkeit hier richtig entspannend.»

Ich mußte es sagen. Philipp und ich hatten uns über die zunehmende Rücksichtslosigkeit und den Egoismus in Deutschland geärgert, Menschen, die rempelten und drängelten.

Mareike gab nicht auf: «Also ich finde diese Höflichkeit nur aufgesetzt. Natürlichkeit ist mir lieber, auch wenn sie manchmal weh tut.»

Marie schaute mich irritiert an, nur Philipp und Henri schienen nichts zu merken, sie waren in ihr Weingespräch vertieft. Sie waren ja jetzt Partner.

«Aber – ist denn das Leben ohne eine gewisse Höflichkeit nicht nur ein Dschungel? Wäre das nicht ein Rückfall in die brutale Vorzeit des Menschen?»

Marie war wohlwollend, doch sie vertrat ihren französischen Anspruch mit einer Festigkeit, die ich sonst nicht von ihr kannte.

«Ich würde mir eigentlich nicht wünschen, in einer Welt zu leben, in der jeder seinem egoistischen Bedürfnis nachgeht. Ich wäre vermutlich meines Lebens nicht mehr sicher. Der Mensch hat viele tausend Jahre gebraucht, um sich zu zivilisieren und sich zu sozialisieren. Ich finde, das sollten wir nicht einfach in einigen Jahren durch Nachlässigkeit im Umgang miteinander wieder zunichte machen.»

Marie schaute fest und bestimmt in die Runde, ihr Ton ließ keine Fortsetzung des Gesprächs zu.

Trotzdem versuchte Mareike es noch einmal:

«Also, ich finde, die Natürlichkeit hat ihren ganz eigenen …»

«… die Höflichkeit, richtig angewandt, hat eine Natürlichkeit, die nicht zu übertreffen ist. Das jedoch muß der Mensch üben», unterbrach sie Marie und fuhr, zu mir gewandt, fort:

«Von der *ferme-auberge*, die ihr plant, mußt du mir unbedingt erzählen. Ein exzellentes Restaurant gleich in der Nähe zu haben, in das wir auf einem Spaziergang gehen könnten, dieser Gedanke ist einfach verlockend.»

Sie hatte sich mir ganz zugewandt, alles, was vorher besprochen worden war, hatte mit einem Mal keine Gültigkeit mehr. Und ich nahm den neuen Faden bereitwillig auf. In diesem Moment wurde mir klar, weshalb man in Frankreich beim Essen auch immer über das Essen sprach. Man bleibt immer beim Genuß, landet nicht zufällig im Kontroversen.

Es blieb jedoch die Spannung im Raum, die wie ein reißfestes Gespinst Mareike, Aurore und Martin eingewebt hatte. Das konnte ein schreckliches Mahl werden.

Als Anna sagte: «Sind die Mandeln eigentlich auch zum Essen?» und diesen Satz dann noch einmal auf französisch wiederholte, lachten alle erlöst. Das Eis bekam Sprünge und Risse.

Da fiel mein Blick auf Sabine und Gerhard, die links neben mir auf dem Sofa saßen, hinter Aurore, Gerhard hielt Sabines Hand, ihre Gesichter leuchteten. Als Sabine meinen Blick bemerkte, holte sie tief Luft und sagte laut:

«Ich bekomme ein Baby.»

Und auch sie wiederholte diesen Satz auf französisch. Sie hat uns gerettet, denn neben dieser Neuigkeit verblaßte alles, wurde vieles unwichtig. Maries Gesicht erhellte sich, es bekam etwas Mütterlich-Weiches, und, sie möge mir bitte verzeihen, ich konnte sie mir plötzlich als bezaubernde Großmutter vorstellen. Auf Gerhards Gesicht hatte sich das breiteste, stolzeste Lächeln breitgemacht, das man sich vorstellen konnte.

«Ist ja irre», staunte Mareike und blickte Sabine mit sehr großen Augen an, «ich kann es gar nicht fassen.»

«Ja, ein Kind.»

«Ich möchte lieber eine Schwester», sagte Anna bestimmt. «Jungs sind manchmal so doof.»

«Wir werden sehen, was wir tun können, Anna.»

Gerhard nahm sie auf den Schoß und küßte sie, und ich fühlte mich plötzlich sehr, sehr glücklich, als wäre ich die Großmutter. Ich spürte, daß es nicht nur das werdende Kind war, was Sabine und Gerhard so glücklich machte – sie hatten endlich auch ein Zuhause. Und in diesem Moment nahm ich mir vor, ihrem Kind eine gute Großmutter zu sein, die beste. Es würde ein Kind geboren werden in St. Martin.

«Und du», fragte ich Gerhard, «was machst du? Bleibst du nun?»

«Sehe ich aus wie einer, der Frau und Kind verläßt? Natürlich bleibe ich – wenn es euch recht ist.»

Da stand ich auf und umarmte und küßte die beiden und auch die kleine Anna, und Philipp tat es ebenso, und danach alle anderen. Wir hoben unsere Champagnergläser und stießen an.

«Du, ich würde aber jetzt vorsichtig sein», sagte Gerhard und deutete auf Sabines Champagnerglas.

«Ich trinke es ja nicht einmal aus, keine Angst.»

«Ich habe Sabine gebeten, mich zu heiraten, aber sie hat sich noch Bedenkzeit auserbeten. Meint ihr, sie könnte es sich alles noch anders überlegen und mich vielleicht zum Schluß noch fortschicken?»

«... auf die Landstraße, mit deinem Klappbühnen-Anhänger? Der vertriebene Pantomime, abgeschnitten von allen Familienbanden», lachte Martin. Er konnte sich gar nicht wieder beruhigen.

Ich verstand ihn: Er war froh, daß wir ein anderes Thema hatten. Und da sah ich, wie er Aurore anschaute, als Mareike gerade Sabine umarmte und ihr alles Glück der Welt wünschte und ein gesundes Kind. Ich mußte mich abwenden, ich konnte es nicht mehr mit ansehen.

Die Salzmandeln, der marinierte Ziegenkäse und die Chips waren aufgegessen. Für mich war es jetzt Zeit, in die Küche zu gehen und aufzutischen.

«Kannst du mir noch helfen, Sabine?»

«Das mache ich für sie», sagte Mareike.

Diese hilfsbereite Seite kannte ich gar nicht, und ich freute mich. Ich wußte gar nicht mehr, was ich denken sollte. In diesem Moment hätte ich ihr am liebsten den Tip gegeben, ein Auge auf Martin zu haben, im nächsten tat mir Aurore leid. Ach, wenn sie es doch nicht alles unter meinen Augen treiben würden. Ohne daß ich es wollte, steckte ich mittendrin in diesem Morast der Gefühle und Entscheidungen, die das Leben diesen drei jungen Menschen auferlegt zu haben schien.

Wir aßen gegrillte Ziegenkäse-Auberginen, ein Soufflé, selbstgemachte Nudeln mit Ziegenkäse-Pesto und dann Kaninchenrücken mit Ziegenkäse und Oliven, danach Käse, zu allem Martins selbstgebackenes Brot, und dann – nein, kein Ziegenkäse-Dessert, sondern einen herbstlichen Crumble aus Äpfeln, Birnen, Trauben und den unvergleichlichen südfranzösischen Trockenpflaumen. Und wir tranken Weißwein, Rotwein, zum Käse einen St. Emilion und zum Dessert einen Muscat aus Mireval. Der anschließende starke Kaffee führte uns in eine neue Welle angeregter Unterhaltung.

Ich war während des ganzen Essens froh, Martin und Aurore auf dieselbe Seite gesetzt zu haben, getrennt nur durch Gerhards glückselig-vorväterliche Anwesenheit. Mareike saß Aurore gegenüber und sprach die ganze Zeit mit ihr.

Es wurde bereits dunkel und kalt, als wir auseinandergingen, und ich konnte es Aurore nicht verdenken, als sie vorgab, sich von Martin bereits verabschiedet zu haben. Sie war in ihn verliebt, und das konnte weh tun. Warum konnte man eigentlich nicht zwei Partner nehmen, wenn der Fall derart schwerwiegend, eine Entscheidung derart kompliziert war? Ja, das fragte ich mich. Deutschland oder Frankreich – mir schwante, das könnte für Martin eines Tages eine ernste Frage werden.

ZIEGENKÄSE-PESTO

2 Bund Basilikum • 2 EL Pinienkerne • 1 Knoblauchzehe • 1 mittelalter Ziegenkäse «Pelardon», sec • 1 alter Ziegenkäse «Pelardon», très sec • 6 EL sehr gutes Olivenöl • Salz, frisch gemahlener Pfeffer

In einem Steinmörser zerstoße ich erst den Knoblauch, dann die Pinienkerne und das grob gehackte Basilikum zu einem glatten Brei. Die beiden Ziegenkäse reibe ich erst, dann gebe ich sie zu dem Pestobrei, bearbeite alles weiter mit dem Mörser. Zum Schluß gebe ich das Olivenöl hinzu.

Wer ein milderes Ziegenaroma mag, sollte zwei mittelalte Ziegenkäse nehmen.

Das Pesto gebe ich auf die frisch gekochten Nudeln, die noch so heiß wie möglich sind. Dann wird sofort serviert und heiß gegessen.

Wer sich ein unvergleichliches Erlebnis verschaffen möchte und die Zeit hat, macht die Nudeln selbst.

Zum Ziegenkäse-Pesto trinken wir einen sehr kräftigen Roten, möglichst aus dem Eichenfaß, zum Beispiel einen St. Georges d'Orques aus dem Departement Hérault.

FEIGENGRATIN MIT FRISCHEM ZIEGENKAESE UND ZITRONENMELISSE

2 kleine Ziegenkäse, 1 frais, 1 demi-sec • 500 g frische Feigen • 150 g Zucker • 3 Eier • 50 g Crème fraîche • 1 Strauß Zitronenmelisse • 50 g gehobelte Mandeln

In einer Schüssel schlage ich die Eier mit dem Zucker blond, dann gebe ich die Crème fraîche hinzu und den mit der Gabel in Stücke zerteilten Ziegenkäse, zum Schluß die grob gehackte Zitronenmelisse.
Ich buttere eine irdene Backform, lege die der Länge nach in Viertel geschnittenen Feigen sternförmig hinein, gieße um sie herum vorsichtig die Käsemasse und bestreue alles mit den gehobelten Mandeln.
Das Gratin backe ich 30 Minuten bei 200°, bestäube es mit Puderzucker und serviere es noch warm.
Dazu trinken wir im Sommer einen gekühlten Muscat de Mireval, im Winter einen nicht zu alten Muscat aus Rivesaltes.

Zum Jahresende …

Ich wußte, bald würde ich Philipp vormittags wieder vor unserem Wohnzimmerfenster im Weinfeld stehen sehen, dick eingemummelt in zwei Pullover und eine warme Jacke, um die alten Triebe der Reben abzukneifen. Der Weinstock sollte seine ganze Kraft in die Trauben geben, nicht in unendlich lange, unendlich viele neue Triebe.

Philipp würde sie zu einem großen Haufen schichten und

im März verbrennen. Im März – da würde uns die Sonne bereits wieder gut wärmen, und die Tage würden merklich länger sein. Im April würden die Mauersegler wiederkommen, und dann wäre der neue Sommer nicht mehr fern.

Wir lebten jetzt das zweite Jahr in St. Martin, im zweiten Winter, und wir fühlten uns hier jetzt ganz zu Hause. Hamburg vermißten wir nicht – vorerst nicht.

Unser Sommer war lang und voller Arbeit, und doch hatten wir es immer wieder schaffen können, das Leben von der schönen Seite zu sehen. Daran waren natürlich auch unsere Feriengäste beteiligt, allesamt freundliche, herzliche Landsleute, die von unserem Umzug in den Süden profitieren konnten. So wie wir auch von ihrer Freude und ihrer Natürlichkeit profitierten.

Das Jahr hatte uns zwei Weggänge gebracht. Claude, der Vorbesitzer von St. Martin, war, obwohl bereits alt, unverhofft gestorben. Wir hätten ihn gern noch lange bei uns behalten. Im Sommer ging Martin zurück nach Deutschland, um sein Abitur zu machen. Inzwischen bin ich sicher, daß er zurückkehren wird, denn er trägt den Midi-Virus bereits in sich. Wofür er sich eines Tages entscheiden wird, mögen die Götter wissen.

Für die beiden Weggegangenen wurden wir mit Sabine und Anna und einer Schwangerschaft entschädigt und mit der Tatsache, daß Gerhard bleiben wird. Er ist der Vater des Kindes, und ich habe den Eindruck, diese Rolle hat ihm endlich eine Heimat gegeben, unserem reisenden Pantomimen. Wir alle freuen uns ungeheuer auf unser erstes «eigenes» Kind in St. Martin.

Der Winter ist die Zeit, in der wir Landmenschen ruhen, damit wir im Sommer um so mehr arbeiten können. Gerhard kümmert sich liebevoll um die Ziegen von Claude, sie danken es ihm mit zärtlicher Duldsamkeit. Philipp hat seine eigenen Ziegen, er hat seinen Rotwein, und ich gebe im Sommer Kochkurse. Nächstes Jahr werde ich eine *ferme-auberge* aufmachen – Essen auf dem Bauernhof. Dabei wird mir Guy helfen, unser guter Freund der ersten Stunde.

Ich muß gestehen, ich war froh, als Mareike und Martin gleich nach Weihnachten wieder abreisten, zurück nach Hamburg. Damit verhinderten sie ein weiteres Zusammentreffen mit Aurore de La Ville, der reizenden Tochter unserer lieben Nachbarn, die uns wie im letzten Jahr zu ihrer Silvesterfeier mit Freunden einluden. Nein, Silvesterfeiern waren die, die wir aus Deutschland kannten, das hier war ein bukolisches Fest, ein dionysisches Gelage, wie vernünftige Franzosen sie höchst selten feiern. Man ist so ausgelassen, daß jeder seine Schülereigenarten herauskramen darf, die alten blödsinnigen Albereien, und man lacht und tanzt, man küßt und singt, und dabei werden große Mengen von allem gegessen, was man sonst selten hat, *foie gras*, Austern und Schalentiere, die delikatesten Terrinen, Käse und Desserts, und dazu fließen Ströme von Champagner.

«Charlotte, ich danke euch, daß ihr zu unserem kleinen Fest gekommen seid. Ich muß dir gestehen, ihr seid eine richtige Bereicherung für unseren Freundeskreis, mit euch ist es noch viel, viel lustiger und schöner. Ich danke euch von Herzen, daß ihr da seid.»

Ja, ich zitiere es in aller Unbescheidenheit, denn ich bin stolz auf das Kompliment, das meine liebe Nachbarin und Freundin Marie de La Ville mir am Neujahrsmorgen gemacht hat, als Philipp und ich im ersten Licht des Tages nach Hause gingen.

Es war kalt, doch der Himmel war blau, so blau. Eine einzige kleine Wolke stand im Osten, dort, wo der Himmel zum

Horizont hin immer heller und goldener wurde, und diese Wolke leuchtete an einer Seite weiß, an der Unterseite jedoch in sattem Goldorange. Ich hatte lange nicht so etwas Schönes gesehen. Und dann ging als riesiger, goldener Ball die Sonne auf.

Ein kleines Französisch-Glossar:
une bonne journée – (ich wünsche) einen schönen Tag
le cave cooperative – hier: Kooperative der Weinkellereien
le chèvre demi-sec – halbtrockener Ziegenkäse
le chocolat fondant – stark gezuckertes Schokoladendessert
le conseil général – Hauptverwaltung
les courgettes – Zucchini
la crépine – Magenhaut vom Schaf
la ferme-auberge – Bauernhof und Gasthaus
le foie gras – Gänseleberpastete
le frais-frais – hier: ein Ziegenkäse
la grillade – gegrilltes Fleisch
le hameau – Weiler / Dörfchen
il est très fatigué – er ist sehr müde
je ne comprends rien – ich verstehe nichts
le lycée – das Gymnasium
le mas – (Südfrankreich) Bauernhaus
la résistance – Widerstandsbewegung gegen die deutsche Okkupation im Zweiten Weltkrieg
la tarte au nougat – Nougattorte
la tarte aux framboises – Himbeertorte
la tarte tatin – gedeckter Apfelkuchen
tu vas sûrement revoir ton épouse et ton chien – bestimmt wirst du deine Frau und deinen Hund wiedersehen